「……よし、『方舟（アーク）』強襲作戦を開始する！」
異世界はスマートフォンとともに。30

《第一章 眼鏡狂騒曲》

琥珀（こはく）

冬夜の召喚獣・その一。白帝と呼ばれる西方と大道の守護者にして獣の王。神獣。普段は虎の子供のサイズで目立たないようにしている。

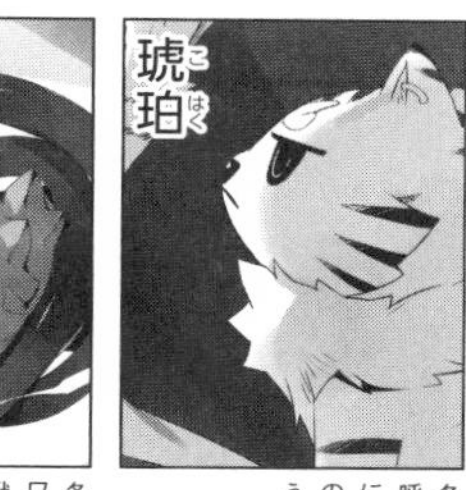

珊瑚（さんご）&黒曜（こくよう）

冬夜の召喚獣・その二。二匹でワンセット。玄帝と呼ばれる神獣。鱗の王。水を操ることができる。珊瑚が亀、黒曜が蛇。

紅玉（こうぎょく）

冬夜の召喚獣・その三。炎帝と呼ばれる神獣。鳥の王。落ち着いた性格だが、その外見は派手。炎を操る。

瑠璃（るり）

冬夜の召喚獣・その四。蒼帝と呼ばれる神獣。青き竜の王。皮肉屋で琥珀と仲が悪い。全ての竜を従える。

望月花恋（もちづきかれん）

正体は恋愛神。冬夜の姉を名乗る。天界から逃げた従属神を捕獲するという大義名分の名のもとに、ブリュンヒルドに居座った。語尾に「〜なのよ」とつく。けっこうぐうたら。

望月諸刃（もちづきもろは）

正体は剣神。冬夜の二番目の姉を名乗る。ブリュンヒルド騎士団の剣術顧問に就任。凛々しい性格だが少々天然。剣を持たせたら敵うもの無し。

世界神（せかいしん）

手違いで死なせてしまった冬夜を異世界に転生させた張本人。現在は世界の運営を冬夜に託している。下界におりてくる際は冬夜の祖父を名乗る好々爺。意外とおちゃめ。

時空神（じくうしん）

時をつかさどる上級神で、普段は時空の乱れなどを防いだり修復したりしている。下界におりてくる際は冬夜の祖母を名乗っており、子供たちにもおばあちゃんとして慕われている。

フランシェスカ

バビロンの遺産、『庭園』の管理人。愛称はシェスカ。メイド服を着用。機体ナンバー23。口を開けばエロジョーク。

ハイロゼッタ

バビロンの遺産、『工房』の管理人。愛称はロゼッタ。作業着を着用。機体ナンバー27。バビロン開発請負人。

ベルフローラ

バビロンの遺産、『錬金棟』の管理人。愛称はフローラ。ナース服を着用。機体ナンバー21。爆乳ナース。

フレドモニカ

バビロンの遺産、『格納庫』の管理人。愛称はモニカ。迷彩服を着用。機体ナンバー28。口の悪いちびっ子。

バビロンの遺産、『城壁』の管理人。愛称はリオラ。ブレザーを着用。機体ナンバー20。バビロンナンバーズで一番年上。バビロン博士の夜の相手も務めていた。男性は未経験。

バビロンの遺産、『塔』の管理人。愛称はノエル。ジャージを着用。機体ナンバー25。とにかく寝てる。食べては寝る。基本的にものぐさで面倒くさがり。

バビロンの遺産、『図書館』の管理人。愛称はファム。セーラー服を着用。機体ナンバー24。活字中毒者。読書の邪魔をされるのを嫌う。

バビロンの遺産、『蔵』の管理人。愛称はパルシェ。巫女装束を着用。機体ナンバー26。ドジっ娘。しかもその自覚がない。うっかり系のミスが多い。よく転ぶ。

バビロンの遺産、『研究所』の管理人。愛称はティカ。白衣を着用。機体ナンバー22。バビロン博士及び、ナンバーズのメンテナンスを担当。激しく幼女趣味。

古代の天才博士にして変態。空中要塞『バビロン』や様々なアーティファクトを生み出した。全属性持ち。機体ナンバー29の身体に脳移植をして、五千年の時を経て甦った。

裏世界において、ゴレム技師として五指に入る実力を持つ人物。好奇心が旺盛で、気が合うのかよくバビロン博士といっしょに様々な実験や開発をしている。

冬夜とユミナの子供にして現在唯一の男子。温厚な性格だが、やるときはやる意志の強さは父親譲りか。戦闘では複数の魔眼を巧みに操る器用さも見せる。趣味はジオラマ製作。

冬夜とエルゼの子供で六女。母であるエルゼよりどちらかというとリンゼに似ておとなしい性格。戦闘は主に魔法で戦う。母親が双子のためかリンネと仲がいい。

冬夜とリンゼの子供で七女。こちらも母であるリンゼよりどちらかというとエルゼに似て強気で活動的。転移直後に武闘大会に出場するなどお転婆な面も。戦闘は主にガントレットで戦う。

冬夜と八重の子供で長女。しっかりもので、よく年少組を監督してくれている。【ゲート】が使えるため、こちらに転移してきた際もいつでもブリュンヒルドに帰れることから武者修行の旅に出ていた。

冬夜とルーシアの子供で五女。料理が得意で冬夜に食べさせるのが好き。お父さん大好きっ子でよく母親のルーシアと張り合っているが仲自体は良好。

冬夜とスゥシィの子供で八女。末っ子で甘え上手。まだ幼いため無鉄砲なところがある。自身に【プリズン】をまとい突撃する『ステフロケット』という得意技で冬夜を悶絶させたことも。

フレイガルド

冬夜とヒルダの子供で次女。のんびり屋だが正義感が強く騎士道精神に憧れている。【ストレージ】に入れてある多種多様な武器を使って戦うため、実益を兼ねて武器集めが趣味。

クーン

冬夜とリーンの子供で三女。魔工学に強い関心を持ち、過去の超技術が発見されればフィールドワークもいとわない活動的な面も。ポーラに似たゴレム『パーラ』を制作している。

冬夜と桜の子供で四女。自由奔放な性格で芸術、主に音楽関連に才能を見せる。歌うのも好きだが、演奏の方が好きで、あらゆる楽器を使いこなす。

異界を渡り歩く種族でフレイズの王を探していた。ついにフレイズの王・メルと再会し結婚。ブリュンヒルドで幸せに生活しているが、武神に気に入られ、いつの間にか眷属になってしまっていた。

元フレイズの王で、永い時を経て再会したエンデと結婚生活を営んでいる。ブリュンヒルドに来てから美食に目覚め、いろんなものを試しては楽しんでいる。

エンデとメルの娘。お転婆な性格で冬夜の息子である久遠のことが大好き。久遠のお嫁さんになるため、花嫁修行を頑張っている。愛称はアリス。

異世界はスマートフォンとともに。
世界地図

前巻までのあらすじ。

神様特製のスマートフォンを持ち、異世界へとやってきた少年・望月冬夜。二つの世界を巻き込み、繰り広げられた邪神との戦いは終りを告げた。彼はその功績を世界神に認められ、一つとなった両世界の管理者として生きることになった。一見平和が訪れた世界。だが、騒動の種は尽きることなく、世界の管理者となった彼をさらに巻き込んでいく……。

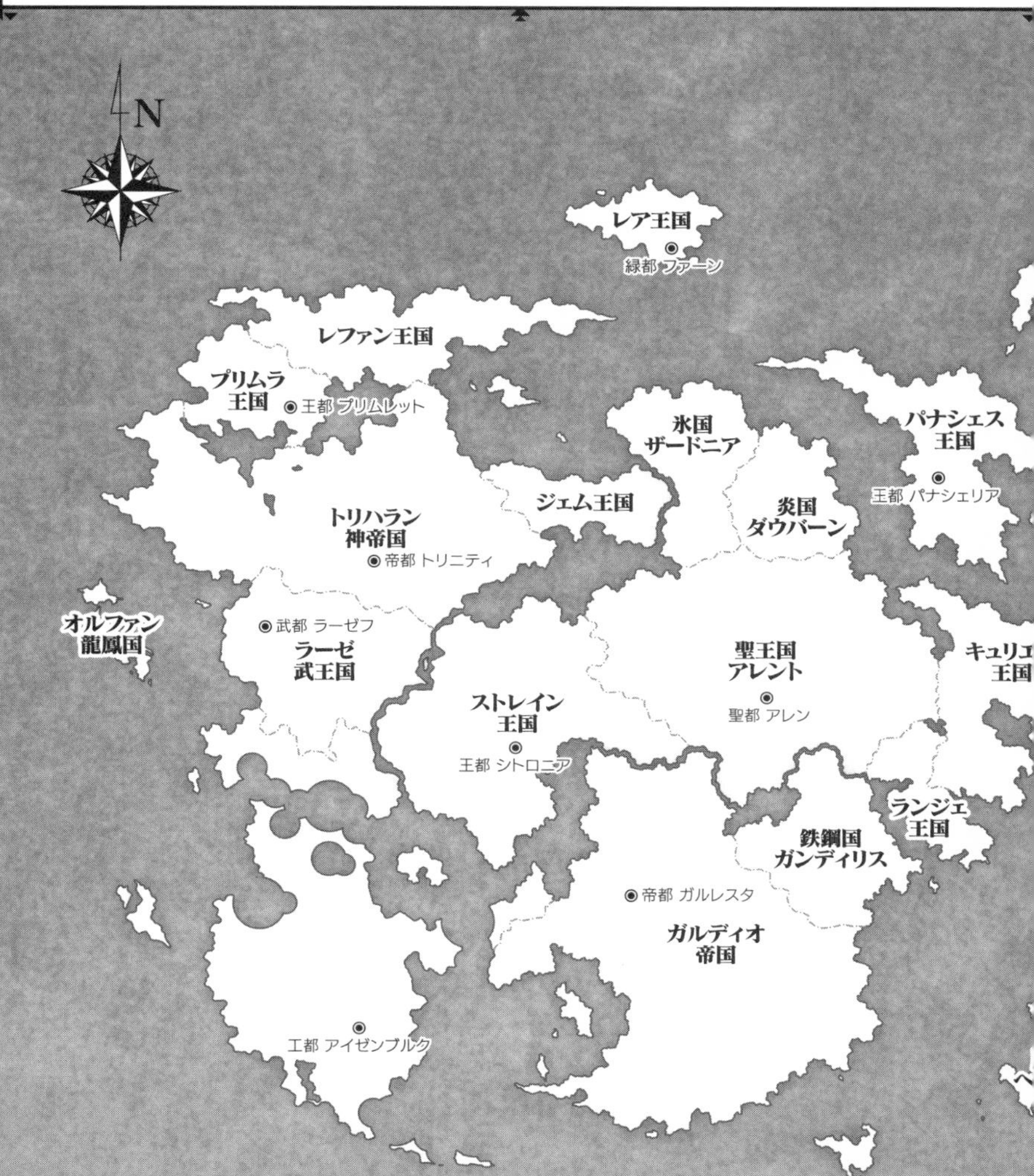

口絵・本文イラスト　兎塚エイジ
メカデザイン・イラスト　小笠原智史

第一章　眼鏡狂騒曲

「完成か？」

『ウム。追加装備「ケルビム」ダ』

ペストマスクの男、邪神の使徒であるスカーレットの声に、『金』の王冠、ゴルドが答える。

『方舟』の格納庫内にいるゴルドの背には、ゴツい黄金のランドセルのようなものが取り付けられていた。

『【起動】』

ゴルドが発した機械音声に反応し、背中のランドセルがガチャガチャと変形を始める。

瞬く間に小さな板のようなものが横にスライドして広がり、翼の形に変化していった。

やがてゴルドの背には二対四翼の黄金の翼が広がっていた。

ふわりと小さな体が宙に浮く。どうやら『ケルビム』は飛行ユニットとしても機能するようだ。

「これがあのスライムだとは到底信じられんな」

『グラトニースライムヲ入手デキタノハ僥倖デアッタ』

バビロン博士の睨んだ通り、ゴルドは魔法王国フェルゼンのオークションで手に入れたグラトニースライムをオリハルコン化し、様々な機能を持たせた追加装備を完成させていた。

本来ならば何十万というスライムを使わなければできなかったものが、グラトニースライム一匹で事足りる。それは確かに僥倖と言えるのだろう。

『ソチラハ完成シタノカ?』

「ああ。アイゼンガルドで手に入れたギガンテスのGキューブとQクリスタルを元に作った、新たな決戦兵器『バロール』だ」

ペストマスクの男が見上げるその先には、ギガンテスよりは小さいが、それでも超巨大と言えるゴレムが鎮座していた。

見た目は黄金の装甲を身にまとった巨人。しかしその胸と頭には、不気味な赤い単眼が光っていた。

「こいつには軍機兵と同じゴレムを統率する機能を持たせている。数百のキュクロプスを手足のように操ることが可能だ。また、全ての装甲には『邪神水』を使った刻印魔法を施してある。ブリュンヒルドのゴレムでも貫くのは容易ではないはずだ」

スカーレットが放った『邪神水』という言葉に、ゴルドは『方舟』の研究室に置かれている、薄紫色の液体の中に浮かぶ『核』のことを思い浮かべた。

あの『核』に汚染された水が『邪神水』である。わずかな神気と強力な呪いを内包し、それを使うことで様々な邪神の恩恵を得ることができる。

ゴルドはあの『核』に巡り会えたことを感謝している。あれを手に入れたことで絵空事であった願いが叶うかもしれないのだ。

あとは……。

『時空ノ壁ヲ穿ツ事ガデキレバ……』

「ん？　なにか言ったか？」

『イヤ……』

スカーレットに言葉を濁すゴルド。ゴルドと邪神の使徒は仲間ではない。彼らとゴルドでは目的が違う。

お互いに利用し、利用する立場だ。今は共闘しているが、自分の目的の邪魔になるならば、彼らを排除することもゴルドは考えていた。

それまでは力を貸すし、貸してもらおう。ゴルドの赤い眼に、昏く鈍い光が宿っていた。

◇　◇　◇

「やっぱりおかしいわね……」

時空神である望月時江は大きく開いた時空の歪みを修正し、通常の状態へと戻しつつ独りごちた。

本来、神は地上に大きく影響を与えるようなことをしてはならない。

故に、時江も神の力を使わず、時の精霊の力と時空魔法で今まで対処してきたが、どうにもこの時空の歪みはおかしいとさすがに思い始めていた。

当初は『次元震』の影響で歪みが頻繁に出ていると思い込んでいたのだが、どうにも歪みに指向性があると気がついた。

おそらくは『邪神の使徒』がなにやら干渉しているのだろうと推測されるが、それにしては神気の影響が強すぎる。

そもそも邪神というものは、地上にあった神器など神の気を宿した物が、長い年月により人々の負の感情エネルギーを取り込んで、己の意思を持ったモノだ。

故に邪神の神気は本来そこまで高い物ではない。

しかしこの世界の邪神は神の見習いである従属神を取り込んでしまったため（正確には従属神が邪神化した）、邪神にしては高い神気を持っていた。

だが、それでも所詮は神の見習いレベルの神気である。これほどの時空の歪みを発生させることはできないはずだ。

であるならば、これは別の『神』の力が作用しているのではないか、と時江は思考を巡らせる。

「地上に降りている神々の中で、誰かが『邪神の使徒』に手を貸している……？　いえ、それはないわね。ここは神々の保養地として、世界神様が目をつけている。そんなことをすればよくて神格の剥奪、悪くすれば消滅……」

そこまで考えて、はっ、と時江は顔を上げた。

「まさか……。これはちょっと確認する必要があるわね」

時江は【異空間転移】を使い、心に浮かんだ疑念を払拭するべく、神界へと跳んだ。

◇　◇　◇

ドサッ、と喫茶店『パレント』のテーブルの上に、【ストレージ】から取り出した革袋を置く。

正面に座ったエンデが、不思議そうにテーブルに載った革袋と僕に視線を向けた。

「これは?」

「人工フレイズ……『クォース』のかけらだよ。ほら、リイルを発見した時に倒したやつだ」

「ああ……でもなんで僕に?」

正確に言うとエンデに、ではなく、リイルに、なんだけども。

この人工フレイズ、『クォース』のかけらは、博士の分析により、本物の宝石と大差ない成分と性質を持っていることがわかっている。

つまり宝石としても売ることができるということだ。もちろん偽物であるので、売る時にそれは明確にしないと詐欺になってしまうが。

本来ならこういった魔獣?を倒してゲットした素材は手に入れた冒険者の物なのだが、

『クォース』を生み出したのはリイルである。半分くらいはその所有権があるのでは？ と久遠と相談し、返すことにしたのだ。

「ま、家計の足しにしてくれ」

「家計の足しってレベルじゃないけど……。まあ、もらえる物は貰っとくけどさ」

エンデは革袋の中身を確認して、自分の収納魔法で回収する。

「あと百袋はあるからな」

「多いな!?」

僕の【ストレージ】からエンデの収納魔法の入口へ、直接上から下へと落としていく。

これだけでもとんでもない財産になる。まあ、金ランク冒険者であるエンデなら普通に稼げる額だろうけども。

「晶材よりは劣化するけれども、魔石と同じような使い方もできるから、宝石として売るより魔石として売った方が高く売れるかもしれない」

「……ちょっと待って。てことは、リイルは宝石や魔石を作り放題ってこと？」

ま、そうなんだけど、人工フレイズとはいえ、あのリイルが自分の生み出した生命体を、無慈悲にも破壊してまで儲けたいと思うかどうか。

「……無理だね。アリスが手懐けたフレイズでさえ可愛がっているらしいから、彼女には自分で生み出したクォースを壊すことなんてできないと思う。それに今のリイルには人工フレイズを生み出す力はないだろうな」

「可愛がっているらしい、って……お前、まだ避けられているのかよ」

僕はちょっと呆れた目をエンデに向けた。

リイルの中にはメルの弟であり、フレイズの現『王』であるハルの意識がある。

これはハル本人というわけではなく、転写された人格のようなのだが、姉を奪い去ったエンデに並々ならぬ敵対心を持っているようなのだ。

リイルがエンデを見ると強制的にハルの人格が前面に現れるらしい。

以前は殺意を向けられるほど、嫌われていたエンデだったが、メルやアリスの取りなしもあり、なんとか手を出されることは無くなったと聞いていたのだが。

「いきなり襲われることは無くなったけど、未だに刺すような眼で睨まれるよ……。最近、あの子はいつもアリスと一緒だから、アリスと話すこともままならないんだ……。電話やメールでのコミニュケーションだけが僕の癒しだ……」

遠い目で窓の外を見つめるエンデ。なんか単身赴任のお父さんみたいになってんな……。

「アリスが未来に帰るまでその状態だとキツいな……。なんとかハルとの和解……」

を、と言いかけた僕は目の前のエンデが、目を丸くしていることにぎょっとする。なん

で、そんな鳩が豆鉄砲食らったような目で僕を見る⁉

「未来に帰る？　アリスが？」

「え、そりゃ帰るだろ……」

何言ってんだ、こいつ。こっちはそのためにいろいろと苦労してるってのに。

完全にその考えが抜け落ちてたって感じだな。そういえばリイルはどうするんだろう……？　アリスと一緒に未来へ行くのか、それともこの時代に留まるのか。

留まった場合、リイルの方がお姉ちゃんになるのか？　いや、未来でリイルがいなかったことを考えると、一緒に未来へ行くんだろうな。

そんな考えをしている間にも、目の前のエンデの目は段々とおかしくなっていっている。

「アリスがいなくなる……！　そんな……僕はどうすれば……！　そうだ、冬夜の邪魔をすれば……！　未来へ帰れないように、僕が暗躍して……あいてっ⁉」

「なにをとち狂っているのだ、お前は」

ズビシッ！　と音が鳴りそうなほど鋭いチョップがエンデの後頭部に炸裂する。

視線を上げると呆れたような目をしたネイがエンデの後ろに立っていた。

「アリスが未来に帰ることなど、最初からわかっていたことではないか。あの子が帰らねば未来のメル様が悲しむ。お前はメル様を苦しめるつもりなのか？」

「い、いや、別にそういうつもりじゃ……」

まあ、パニくっての発言なんだろうけど、本当にアリスがいなくなったら、こいつとんでもなく落ち込みそうだな……。僕も人のことは言えないが……。

久遠とアリスは同い年だそうだから、最低でも六、七年は経たないと生まれてこないわけだ。

僕らは久遠より先に生まれる子供たちがいるからまだそこまで待たないで済むだろうが。

「まあ、アリスを未来へ帰すにはまだ少しかかるとは思うけど……」

「なんだ、お前ともあろう者が手こずっているのか。なんと言ったか……『写真の人』、とやらに」

「『邪神の使徒』な。手こずっているっていうか、目的がイマイチ掴めないから、どう攻めたらいいいか決めかねているっていうか……」

僕はネイに眉根を寄せて答える。

単純に邪神の復活が目的なら、どうやって？　という疑問があるしな。

てっきり過去の世界からまだ僕らに倒されていない邪神を引っ張ってくるのかと思ったら、それは不可能だと時江おばあちゃんに断言されたし。

邪神器なんてものがある以上、なにかしら邪神の力が残されたんだろうけど……僕らと戦う前に、分体？　のようなものを残したのかもしれない。大物ぶって小心者のあの従属神ならあり得る。

いろんな国を襲撃し、負のエネルギーを集めているみたいだからな。そいつを使って邪神を復活させようとしてるのかもしれないが……どうにも引っかかる。話はそう単純じゃないような気がするんだよな。

邪神の使徒たちも『邪神復活のため』という目的に一致団結しているようにも見えない。紫の槍使いは戦うことしか考えてなかったようだし、肉包丁の男はただ従っているだけという気がした。

山羊仮面のジジイはまるで狂った実験を楽しんでいるような危ない奴だったしな。邪神なんかどうでもいいというような感じだった。

それでも奴らは邪神の力の恩恵を受けていた。

気になるのは向こうにいる『金』の王冠……。アレだけがどうにも異物感を感じる。邪神関連とは全く関係ないものが混ざっているような……。

……まあ、ここで考えていても仕方がない。僕らはやれることをやるだけだ。子供たちが未来へ笑って帰れるように。

「ま、その時になったらちゃんと知らせるから。いきなりアリスが消えるって事はないよ」

「うむ。アリスも淑女教育を受けてぐんぐんと成長している。未来へ帰ったらきっと向こうのメル様も喜ぶに違いない」

それは確かに。子供が成長して帰ってくれば喜ぶに違いない。たぶん未来のエンデもそうだから、そんなに落ち込むなって。

未だ落ち込んでいるエンデを不憫に思い、声をかける。

「未来に帰った時に、過去でのいろんな思い出を語り合えるようにしたらいいんじゃないのか？　少なくとも僕らはそうしているぞ？」

「そ、そうだね！　ここでの出来事を未来で楽しく話せるように、もっとアリスと思い出を作らないと！」

「まあ、アリスのそばにはリイルがいるからお前は近づけないわけだが」

「くぅぅぅぅ！」

苦悶の表情を浮かべたエンデがテーブルに突っ伏す。いかん、からかい過ぎたか。

「あー……。えっと、確か今日のアリスの淑女教育はピアノだったかな？　どれだけ上手くなったか今から見学に行くか？」

「行くっ！」

がばっ！　とエンデが今度は鬼気迫る表情で復活した。必死過ぎだろ……。こいつ、アリスが来て本当にキャラ変わったなあ……。

子供ができると人が変わる、とかよく聞くけど……。僕も変わったのかな？

あまり実感は無いけど、ふと気がつけば、いつも子供たちのことを考えている自分がいる。

あの子たちの幸せのためならなんだってできそうな気がしてくる。エンデもたぶん同じ気持ちなんだろうな。

ピアノの練習にはリイルはついてこないから、彼女はメルたちと家で留守番しているはずだ。エンデも気兼ねなく会えると思う。

「よし行こう！　すぐ行こう！　さあ行こう！　冬夜、城へ【テレポート】だ！」

「わかった！　わかったから、手を離せ！」

僕の腕を取って一刻も早く店を出ようとするエンデを落ち着かせる。ホントに必死過ぎる！　アリス分が不足し過ぎだろ！

「ネイはどうする？」

「ふむ。私はケーキを買いに来たのだが……ま、エンデミュオンが暴走しても厄介だからついていこう」

「あ、じゃあケーキをアリスのとこに持っていくか。差し入れで」

「それ採用！　すみません！　ショートケーキのホールを持ち帰りで！」

僕らがそう話すや否や、エンデが速攻でウェイトレスさんに注文する。ホント、落ち着けよ……。

アリスの好物であるショートケーキを手土産に持って、僕らは城の音楽室へと【テレポート】する。

突然現れて驚かさないように、部屋の隅に転移した僕らは、ピアノの前に座り、たどたどしくも一生懸命にピアノを弾くアリスを見つけた。

淑女教育の中には楽器演奏という項目もある。貴族令嬢たるもの、楽器の一つも嗜みとして弾けないといけないらしい。

これはプロのレベルとまでは求められていないので、ある程度弾ければいいらしい。

ちなみにうちだとユミナ、スゥ、ルーの三人はそれぞれ楽器をそれなりに弾ける。桜は歌う専門で、楽器はあまり得意ではない。

ヒルダも貴族令嬢（というか王族）なのだが、レスティア騎士王国ではそこまで楽器演奏に重きを置いてはいないようで、彼女は早々に諦めたらしい。

本来なら、リュートとかフルート、ハープなどを嗜むのだが、せっかくなのでアリスの楽器はピアノになった。

基本、ピアノはうちでしか作ってないからな。以前は僕が【プログラム】で作ったなんちゃってピアノだったが、奏助兄さんとドワーフたちの協力を得て、ちゃんとしたピアノを生産することができるようになった。

今では各国の宮廷音楽家たちからピアノの注文が相次いでいる。そのうち、この世界独自のピアノ演奏曲がどんどん生まれてくるだろう。

アリスの弾くピアノの旋律が音楽室に響く。指導しているのはユミナと奏助兄さん、そしてヨシノだ。

基本的にユミナは貴族としての所作を、奏助兄さんとヨシノは単純に演奏技術を教えている。

今弾いているのは僕が教えた初心者用の童謡曲だな。森でクマに会うやつ。

これって日本語訳と元の歌詞が全く違うんだよな、確か。昔ピアノの先生に聞いた。

日本語訳では『森の中でクマに出会う』、『クマの忠告に従って逃げる』、『なぜかクマが追いかけてくる』、『落とし物を届けてくれる』とほのぼのとしているが、ストーリー的にはよくわからない展開である。

一方、元の歌詞は『クマと森で出会う』、『クマは言った。「銃を持ってないな。君、逃げないでいいのかい?」「逃げる!」』、『クマが追いかけてくる』、『命からがら木に登り助かった』、ってなストーリーだったはずだ。

　そもそもクマが自分で『お逃げなさい』というのがよくわからん。

　これには『実は小鳥が言った』、『この森は危険だから逃げなさい、という意味』など諸説あると先生は言っていたが、やっぱり日本語訳は説明不足だと思う。

　スタコラだトコトコだ言ってないで説明しろと言いたい。

　たどたどしくも両手の指できちんと最後まで弾いたアリスに思わず僕らは拍手を送ってしまった。

　振り返ったアリスが驚きの表情を浮かべる。

「お父さん？　ネイお母さんに陛下まで……いつの間に？」

「ついさっきね。ずいぶん上手くなったじゃないか、アリス」

「そ、そうかな？　えへへ」

　僕が褒めると、アリスは照れたようにはにかんだ。

「当たり前だろ！　アリスは天才なんだ！」

「うむ。さすが我らの娘。当然だな！」

　ったく、こいつらは……。

「少し休憩したら。エンデが差し入れのケーキ持ってきたから」

「わ！　ありがとう、お父さん！」

お礼を言われてエンデのやつが小さくガッツポーズを取っている。いや、それくらいで喜ぶなよ……。どんだけコミニュケーションないんだ、お前んち……。

リイルがいないからか、エンデがいつもより弾けている気がする。ま、いいんだけど……。

メイドのラピスさんに頼んで、食器と紅茶を持ってきてもらった。音楽室の隅にあるテーブルでケーキを切り分け、みんなで舌鼓を打つ。うん、美味い。

今日はちょっといろいろと考えすぎたから、甘いものが脳に沁みるや。

◇　◇　◇

「なんだ、ありゃあ……？」

ガルディオ帝国の南に位置する漁村・マリウ。

その村で小舟に乗って漁をしていた男が、遥か沖の空に奇妙なものを発見し、網を手繰り寄せる手を止めた。

初めは鳥かと思った。だが鳥にしては大きいし、何よりもキラキラと輝いている。

それに太陽を背にしているせいでよく見えないが、翼が四つあるように見える。

二羽の鳥が重なってそう見えるのか？　と男が目を細めた瞬間、輝く鳥から閃光が放たれた。

矢のような光が浜近くにある村に突き刺さり、大爆発を起こす。

爆風による余波で海に大きな波が生じ、漁師の男は小舟から放り出された。

漁村では突然の爆発に村人たちがパニックに陥っている。

それを上空から眺めながら、『ケルビム』を装備したゴルドは感情のない眼で次の行動に移る。

『【光子放出】』

四枚の翼で浮遊するゴルドの周りにいくつもの光球が出現し、一斉に射出される。

それは光の線となって、逃げ惑う人々を貫き、その命を次々と奪っていった。

『動作確認。問題ナシ。次ノ確認ニ移ル。【暴食の羽】』

ゴルドの背にある機械的な四枚の翼……そのうちの二つから幾つもの羽根が切り離され射出される。

黄金の羽根は空中を自由自在に高速で飛び回りながら、未だ逃げ惑う村人、あるいは既に息絶えた村人へと襲い掛かった。

「ぐはっ……！」

ドスッ！　と、背中に羽根を突き立てられた男性が呻き声を上げると、黄金の羽根はブワッとその形をスライム状に広げ、突き立てた男性を捕食してしまう。

もがく男性を包み込むように広がった黄金のスライムは、うごうごと蠕動を繰り返したのち、少しずつ小さくなっていく。

やがて完全に男を飲み込んだ黄金のスライムが元の羽根に戻ると、再び宙を飛んで引き寄せられるようにゴルドの翼に収まった。

ゴルドがグラトニースライムを改良し、作り上げた追加装備『ケルビム』であったが、この古代魔法生物特有の旺盛な食欲までは消せなかった。

そもそもそれを消してしまっては、王冠能力を使う際の『代償』を賄えなくなるので、元から消す気はなかったが。

お陰で放置しているとすぐに空腹……エネルギー不足になる。つまりは燃費が悪い。

そんな理由があり、こうしてゴルドは『エネルギー補給』へとやってきたのだ。これはついでにケルビムの試運転も兼ねている。

グラトニースライムの食欲を満たすためだけなら、別に森の動物たちでも、海の魚たちでも、それを捕食させればよかった。

しかし『金』の王冠の目的のためには、多彩な感情を持つ人間の方がグラトニースライムの餌としてふさわしい。

さらに恐怖と絶望に彩られた負のエネルギーを取り込むことは、同時に邪神の使徒の糧となる。ゴルドにとって奴らなどどうでもいいが、こちらの戦力が増えることは悪いことではないとその程度に考えていた。

負のエネルギーを回収した黄金の羽根が再び村へ向けて放たれる。

まるで何かの収穫作業のように、村から人々が消えていった。

『テスト終了。問題無シ。帰還スル』

やがて全ての村人を吸収して、『ケルビム』の性能テストに満足したゴルドは南の空へと消えていった。

命からがら海から生還した漁師の男が見たものは、爆発で吹き飛んだ家々と、誰もいなくなった故郷の姿であった……。

◇　◇　◇

「ではそちらのゴレムと同じ型の、別のゴレムが存在すると？」

「はい。どうやら『金』の王冠は二体存在するようなのです。そしてもう一体は邪神の使徒の方に」

僕は世界会議で提議されたガルディオ皇帝からの質問に正直に答えていく。

事の起こりはガルディオ帝国の南にあるマリウという漁村で起きた事件だ。

唯一生き延びた漁師の話によると、突然翼を生やした小さな黄金のゴレムが村人たちを消し去ってしまったというのだ。

舟から放り出され、波間で漂っていた漁師が飛び去っていくそのゴレムを目撃している。

そしてその漁師からの聞き取りから、どう考えてもうちにいる『金』の王冠、ゴールドではないか、という結論に至り、こうなったわけだ。

「現在見つかっている『王冠』は全て一品物。複製や同型機など見つかってはいない。『金』の王冠がそれだという証拠は？」

「証拠となるかはわかりませんが……」

僕はヴァールアルブスの無人偵察機が撮影した映像から、ゴールドではないもう一体の『金』の王冠が映った映像を空中に投影する。

隣にペストマスクを被った邪神の使徒がいるので、こいつらが仲間ということはわかってもらえると思う。

たた、これがゴールドではないという証拠にはならんのだよなあ……。

「ワシらにはこの映像のゴレムと、そこにいるゴレムとの違いがわからんが……」

ミスミドの獣王陛下が映し出された映像の『金』の王冠と、呼び出されて僕の横にいるゴールドに視線を行ったり来たりさせている。だよねぇ……。

「同型機なのだから同じなのは当たり前では？」

「しかしそれでは証拠にならんぞ」

「よく見ると目の色が違うような……」

「そうかぁ？」

他の国の代表者たちからも疑問の声が上がる。うん、二体揃った映像じゃないと、同型機がいるって証拠にはならないよね。

「マリウの村が襲われた時、ゴールドはどこにいた？」

『ソノ時刻ナラバ、マスタート中庭ニテ花ノ苗ヲ植エテイタ』

僕の質問にゴールドが淡々と答える。一応アリバイはあるんですよ？　ということを伝えておかないとな。

「それも冬夜殿なら転移魔法で行けるだろ？」

「証拠にはならんなあ」

リーフリース皇王陛下とベルファスト国王陛下がニヤニヤとした笑みを浮かべながら反論してくる。この……！　わかってて言ってるだろ！

これはもう、もう一体の『金』の王冠とゴールドが一緒にいる場面を見せるか、映像に収めるしか同型機ということを証明する手段がない。

『俺、双子なんだよ』という言葉を信じてもらうには、実際にその双子の兄弟を連れてくるか、写真を見せるしかないもんなあ。……戸籍を見せるって手もあるか。

ただ同型機がいる、ということを証明できても、マリウの漁村を襲ったのがゴールドではないという証拠にはならないってのがアレだが……。

「お二人ともいい加減にしたらどうです。いささか趣味が悪いですよ？」

「ハハハ、すまんすまん。冬夜殿を追い詰める滅多にない機会だったのでな。悪ノリした」

「うむ。初めから疑ってなぞおらんよ」

ため息混じりにラミッシュ教国の教皇猊下が諫言すると、ベルファスト国王陛下とリーフリース皇王陛下が素直に揃って謝罪した。

「まあ、私も公王陛下がそんなことをするとは思っていませんが……」

同じようにガルディオ皇帝陛下もそう言ってくれる。ありがたい。ホント信用の積み重ねって大事だね……。

「まあ濡れ衣だとは思っていたが……そもそもブリュンヒルドにメリットがないしな」

「小さな村一つ潰したところでなにが変わるわけでもない。人を攫うにしても冬夜殿ならもっと上手くやるだろ。得意だし」

信頼してくれているのはありがたいけど、人攫いが得意ってのはちょっと反論したいところではあるな。得意だけど！

「となると、マリウの村を襲ったのが邪神の使徒のゴレムだとして、目的はなんでしょう？」

「今までと同じように呪いをかけて、自分たちの尖兵にしようという企みでは？」

「まったく忌々しい奴らだ！　こそこそとこっちの目の届かんところをいやらしく攻めてきやがる！」

ほとんどの国が大なり小なり邪神の使徒の被害を受けている。まったく受けていないのは海のないうちくらいか？　あ、鉄鋼国ガンディリスも海岸線は岩壁が多く、村や町が少ないために被害を受けてはいないか。

いや、あそこは地下都市で見つかった決戦兵器を一部奪われているな。まあ、あれは油断した僕のせいだけど……。

「冬夜殿、邪神の使徒を駆逐する準備は進んでいるのか？」

「もう少し、ですかね。逃げられるとまたイチからやり直しになるんで、確実に仕留めたいんですよ」

「うむ。急いては事を仕損ずる。叩く時は準備万端整えて、完膚なきまでに叩くべきじゃ」

イーシェンの帝、白姫さんの言う通り、あいつらは完全に叩き潰すつもりだ。子供たちが未来に安全に帰るためにも、邪神の遺恨はここで完全に断っておきたい。

なんとか疑いも晴れ……まあ、完全には晴れていないが、ゴールドはとりあえず無罪放免になった。

向こうの『金』の王冠が出張ってきたら、ゴールドを対面させて、同型機があるという証明をしないといかんな。信頼されているのはありがたいけど、それとこれとは別だ。

世界会議が終わり、いつものように親睦を深めるという名の小宴会を経て、通常の業務に戻る。

執務室に積まれた書類の山を見て、小さくため息をついた。チラリと窓の外を見ると、スゥとステフ、そして解放されたゴールドが楽しげに花壇の花に水をやっていた。いいなあ、僕も子供たちと遊びたいよ……。

とはいえ、これも王様業務だ。やるしかない。頑張れば夕方に少しくらいは子供たちとの時間が取れるかもしれない。

書類と格闘すること数時間、なんとか終わりが見えてきたところで、スマホに着信があった。

あれ？　世界神様から？　珍しいな。

「はい、もしもし？」

『おお、冬夜君か。すまんがこっちに来てくれんかの。ちょっと話したいことがあってな』

こっちに、って、神界にか？　なにかあったのだろうか？

仕事も終わりが見えてきたし、少しくらいなら大丈夫かと【ゲート】で世界神様のいる神界へと転移する。

見慣れた四畳半の畳敷きにどこまでも広がる雲海。そしていつもの卓袱台の前には世界神様と、時空神である時江おばあちゃんの姿が。

「あれ？　時江おばあちゃんも世界神様に呼ばれたんですか？」

「いえ、どっちかというと、私が冬夜君を呼んで話をした方がいいと世界神様に提案したのよ。ま、座ってちょうだいな」

時江おばあちゃんに言われるがまま、僕は座布団に座った。

時江おばあちゃんが呼んだのか。直接僕のところに来なかったということは、世界神様を交えて話がしたかったということかな？

「そうね。これは神々のルールに抵触するものだから、私の独断でおいそれと話すわけにもね」

なるほど。というか、平然と心を読まないで下さい。つまり、神様関連でなにか問題が起きたってことか？　でも僕みたいな下っ端に関連することなんてあるのかね？

「それで？　なにがあったんですか？」

「う、うむ。その、実は、じゃな。ちょいとこちらのミスで冬夜君にまた面倒をかけることになってしまった。本当に申し訳ない」

なんだなんだ、いきなり謝られたぞ。またなにか面倒事が起きているのか？　こっちは邪神の使徒だけで充分面倒なのに。

「いったいなんですか？　わかるようにズバッと言って下さい」

「む……。そうじゃな。実は……『堕神』がそちらの世界に堕ちている。今まで気づかなんだのは本当に面目がない。怠慢だと言われてもこれは弁明のしようがないの」

堕神？　邪神じゃなくて？　堕神ってなんだ？

「邪神とは神の作った神器や神気を蓄積した物質が地上の負の感情を溜め込んで生まれた神もどきじゃ。君が倒した邪神は従属神と融合しておったがの」

「それとは違い、堕神とは堕ちた神。もともと正式な神だった者が神格を取り上げられ、神界を追放された者なの。普通なら私が管理する、時も凍る『氷獄界』で永遠に氷漬けになるのだけれど……」

時江おばあちゃんが申し訳なさそうに世界神様に次いで説明する。『氷獄界』？　神々の牢獄みたいなものかな？

「そやつは『氷獄界』へ封印される前に最後の抵抗とばかりに暴れての。その場にいた破壊神に消滅させられたんじゃが……」

こわあ！　神を消滅って、破壊神こわあ⁉

「消滅するわずかな時間、我らに気づかれぬように自らの分体を小さく切り離しての。これがまんまと逃げたらしいのじゃ。その分体が……」

「この世界に来ている……と？」

僕の言葉にこくりと頷く世界神様。ちょっと待って、なんでそんなことに？

「切り離されたばかりの分体には自我がない。おそらく神々の神気を求めて引き寄せられたのだと思う。堕神は神界には入れぬから、それ以外のところとなるとこの世界が今一番神気に満ちているからの」

ああ、なるほど。そりゃそうだ、十人以上の神々が地上にいるしな。

運悪く、まだこの世界の結界は破れたままだ。小さな堕神の分体はするりとそこを通り抜けてしまったらしい。

「逃げたのはほんのわずかな力じゃが、神の力を持つ分体じゃ。放置はできん。さらに運の悪いことに、この堕神の分体はどうも邪神の使徒とやらに取り込まれているようなんじゃ」

「えっ⁉」

「どうも時空の歪みにしては偏りがあると思ってね。神界に戻って調べてみたら破壊神が消滅させたはずの堕神の神気がまだ残ってることが判明したの。おそらく……いえ、ほぼ間違いなく邪神の使徒とやらが、堕神の分体を使って時空に干渉しているんだと思うわ」

マジか……。面倒な物を面倒な奴らが拾ったと？　さらに面倒なことになりそうなんだけど……。

「まあ、堕神と言っても下級神じゃし、さらにその分体じゃからな。単体の強さとしては従属神より弱いかもしれん」

あれ？　そうなの？　だったらそこまで悲観的になることはないのか……？　時空の歪みを作られて、過去の魔獣を呼び出されるのは面倒だけども。

「しかしながらこやつの力はちと面倒での。こやつが司っていた神格は『侵蝕』と言ってな。あらゆるものに侵入し蝕むことに長けておる。物体や生物、それこそ精神にまでな」

「侵蝕……。侵蝕の神……『侵蝕神』ってことですか？」

「元は、の。もはや神格は破壊され、その力だけが一人歩きしている。だがその力を取り込めば『侵蝕神』の権能を多少なりとも使える。その力は地上にあってはならぬ物じゃ。じゃから……」

「僕にそれをなんとかしろ、と」

「すまんの」

世界神様がばつの悪そうな表情で軽く頭を下げた。

うーむ、本来、神々の考えからすれば、僕らの世界ごと堕神を消してしまっても問題ないんだろうな。その方が簡単だし、余計な心配もいらないし。

だけど僕の管理する世界ってことで、お目こぼしをしてもらっているのかな？

それともこんな問題も解決できないやつに、世界の管理者なんて務まらんぞ、という新神教育における課題だろうか。なるほど、こいつが『神の試練』ってやつか？

「難しいことを考えてるみたいだけど、せっかくの保養地がおじゃんになるのは惜しいってだけの話よ。確かに面倒だから破壊神に片付けさせろ、って意見もわずかにあるけど……」

おっと、また心を読まれた。どうやら僕への試練ではなかったようだ。

面倒だからって、神様たちも面倒だと思ってるのかよ。

堕神の分体か……。邪神の使徒も神の眷属、いや、神もどきの眷属だから、そっちに引き寄せられたのか。

邪神の使徒がいなかったら僕の方にきたのかもしれない。

「僕もその『侵蝕』とやらをされた可能性もあったんですかね？」

「いや、それはないじゃろ。ワシの眷属である冬夜君の神気は『侵蝕』など弾いてしまうし。その神気に守られている奥さんたちや、君の血を引いている子供たちも同様じゃな。だが、君たちの周囲にいるの普通の人間は影響を受けたじゃろうの」

「影響というと？」

「取り憑かれた人間は身体を蝕まれ、その周囲の人物は精神を蝕まれる。じわじわとおかしくなっていく感じかの。やがてなにも考えられなくなり、身体も変異して、本能のままに暴れるようになる。行き着く先は物言わぬ動く屍であろうの。そいつが朽ちたら堕神の分体はまた宿主を変えて同じことを繰り返すじゃろうな」

まるでゾンビ映画みたいな展開だな……。こっちに来なくてよかったよ。

あれ？　身体が変異して精神に異常をきたし、物言わぬ屍って……。

「ひょっとして『邪神の呪い』を受けた変異した半魚人って……」

「邪神だけじゃなく堕神の影響もあると思う。正確には堕神の力を邪神の力で制御しているというところかの。ほれ、地球で言うところの車のエンジンとハンドルのようなもんじゃな」

それでか。倒した邪神の残滓にしては、邪神の使徒が持つ邪神器の神力が強かったのは。いろいろと腑に落ちた。

『侵蝕』の堕神の力が向こうに加わっているとして……こちらの切り札である神器は効果があるのか？　堕ちたとはいえ、元はちゃんとした神。大丈夫なんだろうか。

「それは心配ないわ。堕神とはいえ分体だから、世界神様の眷属である神力を弾くほどの力はないわよ。さっきも言ったけど、問題は『侵蝕』の権能の方でね、冬夜君に奥さんたち、そして子供たちは大丈夫だけど、それ以外は大なり小なり影響を受けてしまうのよ」

ってことは、邪神の使徒との戦いは僕ら……といっても、僕とユミナたちは神々のルールで手を下せないから、子供たちに頼むしかないわけか。

……今までと変わらんよね？　どこが問題なんだろう？

「『侵蝕』の力は生物だけに限らん。ほれ、君たちの乗ってる機械の巨人。あれも影響を受けるじゃろうな」

「機械の巨人……フレームギアもですか？」

うわ、マジか。まあ、フレームギアで邪神の使徒と直接対決とはならないと思うけど……。向こうが巨大化でもしない限りは。

ああ、でもグラファイトとかいう山羊仮面のジジイはでかい蜘蛛みたいに変異したな。可能性は無くはないのか……。

「ちなみにフレームギアが侵蝕されたらどうなります？」

「おそらくじゃが機能が停止して、次第にボロボロと朽ちていくじゃろうの。下手をすれば機能を乗っ取られる可能性もある」

乗っ取りか……。フレームギアの命令系統に侵蝕されれば、敵を撃とうとしているのに、味方を攻撃してしまう、なんてこともあり得るのか。

こればっかりは神の力だから、バビロン博士たちにもどうしようもない。

世界神様の話だと、神気でフレームギアをコーティングすれば大丈夫らしいが、今のところそれができるのは僕だけだ。

侵蝕されてしまっても、僕が神気で浄化すれば止めることはできるらしいが……。

「面倒ですね……」

「うむ。あ、いや、まあ、ワシらのせいなんじゃが……スマン」

「世界神様のせいじゃないですよ。あの破壊神の悪タレ小僧がきちんと仕事をしないからこんなことになるんです。今度会ったらあの髭面を思いっきり引っ叩いてやるわ！」

謝罪する世界神様に対して、時江おばあちゃんは破壊神にキレていた。うん、まあ破壊神が堕神をちゃんと消滅させていればこんなことにはならなかったわけで。仕事の手を抜いたらいかんよね。

しかしフレームギアを乗っ取られるのだけは勘弁だな。僕が乗るレギンレイヴだけ無事でも、みんなの機体が乗っ取られでもしたら大変なことになる。

スゥのオルトリンデオーバーロードが暴れ出しでもしたら、止めるのに相当な労力がいりそうだ。

「『侵蝕』の権能は触れなければ発動せんから、そうそう乗っ取られるということはないと思うが、できないわけではないからの。堕神憑きに対峙するときは避けた方がよかろうな」

あ、触れなければＯＫなのか。そういえばあの半魚人も噛み付いた人間だけが呪われて半魚人化してたっけ。空気感染みたいなのじゃなくてよかった。

それならまあ、乗っ取られるようなことは……。あれ？

「あの、堕神の分体ってのは意思を持っていないんですよね？」

「うむ」

「たとえば、ゴレム……自律した機械人形に堕神の分体が取り憑いた場合、どうなりますか？」

「む？　自律した機械人形に？　『侵蝕』の権能を持つ機械人形になるだけだと思うが……」

まさか、と思うが。

ゴレムはもともとQクリスタルに刻み付けられた基本行動に則って行動している。

意思があるように見えても、それはプログラムされた条件反射だ。

人間のように感情で動くようなことはなく、契約者の命令に従い、決められた行動をするロボットなのだ。

今、僕の頭の中にはアクションゲームのデモ画面が流れていた。

デモ画面では誰も動かしていないのに、主人公キャラクターが走ったりジャンプしたり、敵をやっつけたりしている。あらかじめプログラムされた行動である。

そこに、誰かがコントローラーを持ってゲームを始めたら？　主人公キャラを動かしているのはもう機械じゃない。コントローラーを持つプレイヤーだ。

もしも『金』の王冠が、堕神に『侵蝕』されていたら？

それは『侵蝕』の力を持つ『金』の王冠なのか？

『金』の王冠の機体を乗っ取った『堕神』ということはないのか？

本来、ゴレムは契約者がいなければ自律行動することはできない。

僕はてっきり邪神の使徒の誰かが『金』の王冠の契約者なんだと思っていた。

ひょっとしたらそれは大きな勘違いだったのかもしれない。

「面倒なことになったなあ……」

何度目かのセリフをため息とともに吐くと、また世界神様から『スマン』と謝られた。あ、責めてるわけじゃないんですよ？　不確定要素が増えて今までの作戦を見直す必要が出てきたな、と思っただけで。

どっちかというと堕神の見逃しは破壊神のせいですから。時江おばあちゃんに僕の分まで引っ叩いてもらおう。

「堕神かー……。なかなか面倒なことになってるね」

世界神様から聞いた話を諸刃姉さんたちに伝えると、みんな『うーん』と眉根を寄せて唸り始めた。

城の中庭にあるガゼボ（四阿）に神々が集まっている。あらためて考えると、すごい画だよな。

恋愛神、剣神、農耕神、狩猟神、音楽神、酒神、武神と、七人の神が集まっている（時空神である時江おばあちゃんは欠席）。

まあ僕もその中に入るのだが、まったくもって実感がない。そうだとしても、『どうも、神です』なんてとてもじゃないが口に出すのもはばかられる。

世界神様の言う通り、千年、二千年も経てば自覚できるようになるのかね？

「そんな面倒なことなのか？」

「まあねえ。従属神とは違って、もともとはちゃんとした神の力だからね。余裕こいてると足を掬われるよ？」

僕の疑問に苦笑しながら狩奈姉さんが答える。いや、余裕こくつもりはないけどさ。

狩奈姉さんに続いて花恋姉さんがため息混じりに話し始める。

「私たち下級神のほとんどはなにかを司っているのよ。私は『恋愛』、諸刃ちゃんは『剣技』、狩奈ちゃんは『狩猟』みたいに。その力に特化しているから、どうしてもその特性が神気に出るのよ」

「堕神の元の神格は『侵蝕』。その名の通り侵し蝕む力さ。這い寄るようにだんだんと周囲から食い込み、やがて全体を朽ちさせる。厄介な力だよ」

癌細胞みたいなものか。気がつくのが遅れると、もはや手の施しようがなくなってしまう。やはり早期発見、早期治療に限るな。

「侵蝕神のやつ、分体になって逃げてたのか〜。相変わらず往生際の悪いやつなのら。って、もう意識はないだろうけろも」

いささか口調が怪しい酔花がケタケタと笑いながらそんなことを口にする。

おい、酒神。その抱えてるワインボトルはどこから持ってきた？　またキッチンのワインセラーに入り込んで拝借してきたんじゃないだろうな？　あとでコック長のクレアさんに怒られるの僕なんだぞ。

というか、酔花は堕神になった侵蝕神ってやつのことを知ってるのか？

「知り合いだったのか？」

「ん？、ちょいとだけねぇ。ネチネチと嫌みなやつだったにゃー」

どうやら侵蝕神はあまり性格の良い神ではなかったようだ。まぁ、堕神になる時点でなんとなく予想はできたが。

「いったいどんな罪を犯して堕神になったんだ？」

「従属神と同じですよ。地上の世界に手を出したんです。この世界とは別の、ですけど」

農耕神である耕助叔父がお茶を飲みながらそう語る。

地上に手を出した……つまり、神の力を使って地上の世界に大きな影響を及ぼした、ってことだよな？

「めちゃくちゃになった世界を破壊神が壊すことになりましてね。どうにもそこに生きる多種族の絶滅がおかしいってんで、壊す前に詳しく調べてみたら侵蝕神が絡んでいたわけです。それも自らが地上に降りてね」

「あー、そりゃダメだね？。完全アウトだね？」

耕助叔父の説明に酔花がまたケタケタと笑う。その世界の人たちにとっては笑い事じゃないんだが……。

でもおかしいと思って調べなかったら、そのままその世界は破壊神に破壊されて証拠隠滅ってとこだったのか。

「さすがに情状酌量の余地無し、ということで神格を剥奪、堕神に認定。『氷獄界』送りが決定したところで暴れ出し、逃走を図ったみたいだね。だけどそこにいた破壊神が一撃で消滅させたって流れらしい。まあ、実際は分体を逃してしまってたわけだけど」

諸刃姉さんが苦笑しながら語るが、神を消滅させてしまうっておっそろしいな……。

「それが破壊神の仕事だからね。彼は世界神様以外の神を消滅させる力を持っている。私たちだって彼がその気になれば一発で消えてしまうんだよ？　ま、きちんとした理由もなく消滅させることはできないけどね」

それって理由があれば消滅させることができるってことだよなあ……。けっこういい加減な性格っぽいし、適当に世界を壊してたりしてるんじゃなかろうか。

あれ？　そういえば……。

「僕、破壊神に次の破壊神にならないかって誘われたけれども……」

「「「「「「は？」」」」」」

間の抜けた神々の声が重なる。ていうか今、奏助兄さんも喋ってなかった？　喋れたのか……。

「冬夜君が次の破壊神か……。アリかな？」

「うーん、お姉ちゃんとしてはナシ。物騒（ぶっそう）な弟はちょっとねー」

「素質はありそうな気がするけどねぇ」

「確かに。基本的にあまり力を使いたがらないですしね。そのくせ、使う時は容赦（ようしゃ）がない」

「にゃはは、冬夜お兄ちゃんが破壊神なら面白（おもしろ）そ～」

「ふむ。破壊の力も己（おのれ）の力。使いこなせるように修行（しゅぎょう）だな」

いや、ならんから。あと奏助兄さん、そこでデロデロとした物騒な音楽を鳴らすのやめてくれ。

「ま、破壊神うんぬんの話はともかく、堕神の力には気をつけることだね。『侵蝕』の名の通り、じわじわと気がついたら手遅（ておく）れ、ってのが最悪だし」

「そうならないよう注意するよ……」

「堕神や邪神の使徒にトドメを刺（さ）すのは子供たちでも、神気さえ使わなければ冬夜君たちだって戦っていいんだから、ちゃんとサポートするのよ？」

花恋姉さんに念を押（お）されなくてもちゃんとそのつもりだ。っていうか、諸刃姉さんや武流（たける）叔父（おじ）とかも戦ってくれてもよくない？

「俺たちがその邪神の使徒とやらと戦うと、おそらく神気を使わなくても勝負にならん。下手すれば一発で終わる。そうなると間違いなく掟（ルール）に抵触（ていしょく）してしまう」

「子供の喧嘩に大人が出ていくわけにはいかないってことさ。まあ、それ以外の有象無象なら引き受けるよ」

くそっ、強すぎるチートキャラは使いどころがないな！

確かに二人に邪神の使徒をボコボコにしてもらって、トドメだけを僕らが刺しても、他の神々は納得しないだろう。絶対にいちゃもんを付けてくる神が出てくると思う。楽したらダメってことか。

本来ならば地上の人間たちだけで解決する問題を、神気を使わないって条件で参加させてもらっているお目溢し状態だからな。

「それにこれはこの世界の管理者であるお前の仕事だ。多少の手伝いはするが、俺たちがそのほとんどをやってしまっては自分が無能だと言ってる様なものだぞ？　己を高める試練から逃げるな」

「ぐ」

武流叔父にド正論をぶち込まれる。そうなんだよねぇ、これお仕事なんですよねぇ……神様の。

新人……あ、いや、新神の業務にしてはけっこうきついと思うんですが。

まあ、やるしかないんですけども。

◇
◇
◇

「よし、じゃあ今日はここまでにしようか」

「ふぇい……」

武流叔父と諸刃姉さんにズタボロにされた僕は、二人が去った後も訓練場の地面の上で大の字になったまま、動けないでいた。

「いてて……。【リフレッシュ】っと……」

身体から疲労が抜け、痛みが和らぐ。

筋トレなどならば、筋組織の破壊、そこからの回復、いわゆる『超回復』によって、以前より筋組織が太く強くなるが、魔法で回復してしまうとその恩恵はない。

諸刃姉さんたちとの訓練は基本的に『技』を習得するものであるから、筋肉がつかなくたってそれは別に構わないのだ。そこらへんは身体強化の魔法でなんとかなるし。

そもそも神族となった僕の身体はこれ以上成長することはない気がする……。いや。未来の久遠たちの話によるともう少しは成長するっぽいが。

人間の肉体的ピークって二十歳から二十五歳くらいだっけ？　いやもう僕は人間じゃないからそれも当てはまらないのか……。

「『王』がなぜそのようなことをしておるのだ？」

「ん？」

聞き慣れた声に聞き慣れない口調で話しかけられ、僕は首だけを起こして視線を巡らせる。

見ると訓練場の端の方にリイルが立っていた。……いや、リイルじゃないな。さっきの口調といつもとは違うポーカーフェイス。リイルの中にいるフレイズの『王』、ハルか。

「なぜと言われてもね。少しでも強くなるために、としか」

「そなたは『王』であろう？　『王』ならば強くなくとも、配下に有能な将がいれば問題ないのではないか？」

「他人任せにできないこともあるんだよ」

よっ、と上半身だけ起き上がり、僕はリイル……いや、ハルの方へと目を向ける。彼女は納得のいかないような表情を浮かべていた。

……今は彼、か。彼は納得のいかないような表情を浮かべていた。

「『王』がなんでもできる有能な者であればその治世の民は幸せだろう。だがひとたびその『王』がいなくなったとき、誰もその代わりをすることはできぬ。世は乱れ、争いが絶えない世界となってしまうのだ。ならば『王』は余計なことをせず、有能な者に任せた方がいいのではないか？」

「その有能な『王』ってのはメルのことかい？」

僕がそう尋ねると、ぐ、とハルが息を呑むのがわかった。図星か。

まあ、それも一つの方法ではある。僕もよく高坂さんに『なんでもかんでも一人でやるな』と釘を刺されているしね。

「……姉様は素晴らしい『王』であった。皆、姉様の言うことに従っていれば間違いはなかった。故に姉様がいなくなると同じことを私に求めた。しかしそれが私にできないと悟ると、各々が勝手なことをし始めた。結晶界は乱れ、争いの絶えない世界となってしまった。私は姉様の代わりになれなかったのだ……」

ハルが自嘲するように小さな声でそんなことを呟く。

これって高坂さんが言っていた、あまりにも有能すぎるトップがひとたびいなくなると、その組織はあっさりと瓦解する、ってやつかね？

ワンマン社長がワンマン経営を続けると、イエスマンばかり増えて会社の持続的成長を阻害したり、自主性と責任感のある社員を育てることができない……みたいな。

本能寺の変の後の織田家なんかも瓦解するのが早かったよな。
織田信長という誰も代わりになれないズバ抜けたトップがいなくなった途端にガラガラと零落した。
まあ、あれは後継者だった信忠も同時に亡くしてしまったからってのもあるだろうけれども。

「『王』を押し付けたメルを恨んでいる?」

「姉様を? ……どうかな。エンデミュオンを恨んではいるが……」

おおう。まだ恨まれてるみたいだぞ、エンデ。

「姉様がいなくなったとき、捨てられたようでとても悲しかった。そこからの怒りもあった。まあその怒りのほとんどはエンデミュオンに向けてのものだったが……なによりも『王』という存在の重さを感じた。『王』になり、姉様の偉大さをあらためて知ったと同時に、自分の無力さを痛感した……」

偉大なる先人を持つと、後継者ってのはそれ以上の働きをして、やっと同じくらいの評価しかされないとか聞くな。

メルの後を継いだハルも、周りに過剰な期待を押し付けられ、そのプレッシャーと戦っていたのだろう。

「『王』になり、初めて姉様の気持ちがわかったような気がするのだ。自分を必要としてくれる者のためなら頑張れる。しかし自分の『力』だけを必要としてくる者らに、なぜこの身を削らねばならない？　あやつらにとって『王』は誰でも良いのだ。その『力』さえあればな。姉様がエンデミュオンと世界を渡ろうと決意したのもそういった理由があったのやもしれぬ」

「まあ、自分を見てくれない人たちのために、自分を犠牲にしてまで尽くせるかっていうと難しいかな……」

僕だってこの国の人たちが僕自身に全く無関心で、城にいる身近な人でさえも僕をなんとも思っていないのであれば、国王なんてやる気にならない。

とっととそんなものは放り投げて別の国に行き、楽しく人生を謳歌するね。

それを『力』があるのに無責任だ、と非難する奴らもいるかもしれないけど、僕の人生、僕が好きに生きてなにが悪い？　そこまでの自己犠牲精神を僕は持ってはいない。そういうのをできる人を聖人と呼ぶのかね？

幸いにも僕はこの国に集まった人たちやこの世界の人々といろんな絆を結べた。だからこの世界を好きになった。好きな人たちを守りたいと思う。だから頑張れる。

ハルにはそういう人たちがいなかったんだろうな。フレイズたちは良くも悪くも実力主義だと聞く。メルに劣るハルを見切るやつらも多かったのだろう。その結果、結晶界は荒れてしまった。

「姉様がな、笑うんだ。姉様だけじゃない。ネイもリセも楽しそうだ。アリスという娘まで いて、結晶界で『王』として生きるより、いきいきとしている。本当に幸せなんだと思ったよ。その幸せをエンデミュオンが与えたと思うと、はらわたが煮え繰り返る気分だが……きっとこれでよかったんだと思う」

なんというか……。ハルは本当にメルのことが好きなんだな、と思った。普通なら『王』を押し付けられたと怒ってもいいところだろうに。

「姉様の気持ちがわかったと言ったろう？　この身はリイルのもので、私はハルという『王』の残滓にすぎないが、利用されるだけの『王』など姉様のように捨ててしまえと言いたくなる。本来の私はすでに結晶界で核を砕かれ、物言わぬ残骸になっているかも知れぬがな」

自嘲するような、諦めたような表情でハルがそんなことを口にする。

結晶界で残された本物の『ハル』は無事なのだろうか。

ユラが作り上げたベースがあったとはいえ、『クォース』という、新たな力を生み出しただけでも、無能な『王』ではなかったと思うんだが。

「……む、リイルが起きそうだ。この国の『王』よ。話に付き合ってくれて感謝する」

「『王』じゃなくて、冬夜だよ。望月冬夜。いい加減覚えてくれ」

「そうか。また会おう、トウヤとやら」

ふっ、と笑みを浮かべたリイルの目がゆっくりと閉じられる。次の瞬間、弾かれたようにパチパチッ、と目を瞬くリイル。

「はわわっ？　あれっ、ここは？」

「城の第三訓練場だよ」

「あれっ、王様……！」

突然わからない場所に立っていて、よく知らない人がいたらびっくりもするか。

実際、僕自身はリイルとはあまり話したことないしな。

ハルの人格が表に出ている時は、リイルは夢を見ているようなぼんやりとした記憶しかないんだそうだ。ハルの方はリイルの時の記憶はしっかりと覚えているのにな。

「あれっ、道に迷って、その、なんでかここに……」

「あーっ！　いたー！　もう、リイルってばボクから離れたらダメじゃん！」

訓練場の向こうの方からアリスが全力ダッシュでこっちにやってきた。後ろからは早足で来る久遠の姿も見える。まるで保護者だな。本当のお姉さんぽくなってきた。

「ごめんね、アリスお姉ちゃん……」

「いいよ、無事なら。振り向いたら急にいなくなったからびっくりしたよー」

どうやらアリスと一緒に久遠のところに来たらしいが、突然リイルがいなくなったらしい。

というか、ハルの意識が浮上してきて、僕の方に来たんだろうな。

アリスが、あ、と思いついたような顔をしてこちらに視線を向ける。

「陛下。リイルのぶんのスマホってもらえないかなぁ？」

「あれ？　渡してなかったっけか？」

そうか、スマホがあれば問題なく連絡を取れたんだな。リイルの響命音を僕が【プリズン】で封じてしまったから、アリスにもリイルの場所がわからないんだ。

僕は【ストレージ】から未登録の量産型スマホを一台取り出してリイルに手渡す。

ついでだからアドレス交換もしようかと思ったらそれはアリスに止められた。

曰く、リイルと一番にアドレス交換するのはお姉ちゃんである自分だと。はいはい、わかりましたよ。

二人が仲良くスマホをいじっているところを微笑ましく眺めていると、久遠がこちらへとやってきた。

あれ？　なんで久遠ってば眼鏡してんの？

「父上。父上にお客様が来ておりますが」

「え？　客？」

「スマホの電源を切ってらっしゃったようなので、僕が来ました。とりあえず応接室で待ってもらってます」

あ。諸刃姉さんたちと訓練するんで切っておいたんだっけ。

しかし客？　今日そんな予定は無かったはずだけども。ていうか、誰？

「グラシィと名乗っていましたが。どうにも押しの強い方で……この眼鏡をいただきました。お近づきの印にと……」

「あ」

僕は久遠の説明を聞いて、誰が訪ねてきたかピンときた。そんな人物は一人しかいない。でもなんだってあの人がここに？

よくわからないが、とりあえず会いに行こう。早くしないと、城にいる人たちが眼鏡だらけになってしまう。

「おお、冬夜殿。結婚式以来であるな」

「えーっと、お久しぶりです……」

応接室に入ると、そこにはアンダーリムの眼鏡をかけた眼鏡神が僕を待ち構えていた。

癖なのか意識してなのか、眼鏡神がくいっ、と眼鏡を指で押しやると、なぜか眼鏡が無意味にキラッと光る。

見た目は二十歳過ぎの長身痩躯、黒髪ロングの地味な青年なのだが、眼鏡がキラッキラッと異様に自己主張をしているので、かなり目立つ。きっと眼鏡が本体に違いない。

「一通り近隣諸国に眼鏡の素晴らしさを説いて回ったのでな。これからは本腰を据えて、眼鏡の普及に努めていきたいと思っておる。なので冬夜殿に協力してもらおうと思ったのである」

「はあ、協力……？　いったいなにをすれば……？」

僕が疑問に思ったことを尋ねると、待ってましたと言わんばかりに、再び眼鏡神の眼鏡がキランと光った。

「もちろん広告塔である！　おそらくはこの世界で一番有名な君に眼鏡をかけてもらえば、全世界の人間たちが眼鏡をかけること間違いなしなのである！」

「えぇー……？」

まさかの眼鏡の押し売りだった。

「そもそも眼鏡というものは、近視や遠視、乱視など、視力の異常を調整したり、強い光などから目を保護したりするために用いるものである。故に本来ならば個人によって千差万別、同じ眼鏡などありはしない。いや、度の無いレンズを使用した、いわゆる伊達眼鏡ならば単一の同じ物が量産できような。だからといって皆が皆、同じフレームの眼鏡をかけたところで、それは没個性を招くだけである。何人にもそれぞれ相応しい眼鏡があり、眼鏡の似合わぬ者などこの世にはいない。かけるだけで、知的に、誠実そうに見え、色気さえも醸し出す眼鏡は、顔における神器と言ってもいいだろう。それ故に我輩は眼鏡をか

けていない者が憐れでならない。皆は知らないのだ。眼鏡をかけた自分と、かけていない自分……そのギャップが生み出す魅力をどれだけ損なっているのかを！　『乱暴者かと思ったら実は優しかった』、『クールな男の笑顔』、『派手な女性の家庭的な一面』……これらのギャップと同じような効果を眼鏡一つで生み出せるのだぞ！　眼鏡は顔の一部であり、顔全体を華やかに彩るツールである！　印象の薄い人物でも眼鏡によってその個性をアピールすることもできるのだ。これは女性のメイクと同じであるな。つまり眼鏡をかけていないということは、スッピンをさらけ出しているのと同じこと。それはそれで飾らない美しさがあるのかもしれぬが、美しくなる、その努力を怠ってはならぬ。男だろうと女だろうと、美しいものに人は惹かれる。ならば人はすべからく眼鏡をかけるべきであろう！　自ら美しくなり、美しいものを澄んだその美しい眼鏡で見るべきであろう！　眼鏡には清純、清楚、純粋などのイメージを相手に与える効果もある。女性ならばかけて損はなかろう？　この世界ではまだ眼鏡は高級品で庶民にまでは広まっておらぬ。ならば、我輩が広めよう！　神の力は使ってはおらん。一人の人間として、眼鏡をこの世に浸透させよう！　我輩が眼鏡の伝道師として人々に眼鏡の素晴らしさを説いて回るのだ！　そのために冬夜殿の力を借りたく、ここまでやってきたというわけである」

「はぁ……」

話が長いわ！　夢中になるあまり、グラシィこと眼鏡神から神気がうっすら漏れている。部屋にいたメイドさんとか気分悪くなって出てっちゃっただろ！

というか、おかしいのがこの人の神気がダダ漏れなのに、誰一人として花恋姉さんら神族の者がここにやってこないってことだ。

眼鏡神が来たって絶対に気がついているよね？　気がついていてこっちに来ないってことだよね？　ちくしょう、僕に押しつけてみんな逃げたな……！

「君、聞いておるのかね？」

「あ、すみません……。ま、まあ、なんとなく話はわかりました。眼鏡はまだこの世界では高級品で、貴族の一部くらいしかしてませんからね。地球だと目が悪くてもコンタクトレンズをしたりで眼鏡をかけない人もいたけど」

「コォンタァクトレェンズゥ～？」

眼鏡神の眼が細められ、僕に向けられたその顔がぐにゃりと歪む。ギラリとしたその目の奥にはどんよりとした昏い光があった。あ、なんか地雷踏んだ。

「君はアレかね？　目の中にレンズを入れるという、アホらしい物の肯定派かね？　目というデリケートな器官に異物を入れて無事にすむとでも？　この世界には回復魔法があるが、それだって万能ではない。目の傷は治るかもしれんが、細菌の増殖までは治せんのだぞ？　間違えた使用をすれば失明にもつながる。そんな物と眼鏡が同列だと？　魅力的な眼鏡を捨ててコンタクトにし、素顔で勝負するなど、鎧もなしに素っ裸で敵に斬り込むのと同じであるぞ！　目が悪いのであれば眼鏡をかけよ！　目が悪くなくとも眼鏡をかけよ！　一生付き合える相棒ぞ！　コンタクトなぞ邪道！　眼鏡こそ至高の存在にして、∞《無限大》の可能性を秘めた究極のアイテムである！」

「わぁ、すごーい……」

　血走った眼を向ける眼鏡神に僕はそう答えるしかなかった。ホント勘弁してくれませんかね……。

　ふう、と眼鏡神が息をひとつ吐く。

「すまぬ。ちょっとムキになってしまったのである」

「ちょっと……？」

「千年前にコンタクトレンズ神とやり合ったのを思い出してしまってな。つい……」

いんのかよ、コンタクトレンズ神。千年前ってコンタクトレンズなんてなかったのと違うか？

「それは地球の話であろう？　他の文明が栄えた世界ではコンタクトレンズがある世界も普通にあるぞ？　まあ、どの世界も眼鏡が作られてからだがな！　……ただ文明が栄えすぎると視力回復手術が容易くなり、眼鏡もコンタクトも廃れてしまうのであるが……」

そう言ってショボンとなる眼鏡神。

文明が栄えすぎるとみんな視力が悪くなることもなくなり、眼鏡はおしゃれアイテムでしかなくなるらしい。さらにそれも流行り廃りを経て、誰もかけなくなるんだとか。流行るものも

まあ、地球にだって片眼鏡とかしてる人なんか今はほとんどいないしな。流行るものもあれば廃れるものもあるのはどの世界も一緒か。

「種族的に眼鏡もコンタクトも必要ない世界もあるしな。この世界くらいの文明レベルが一番眼鏡を広めやすい。っと、話は戻るが、そういうわけで眼鏡を広めるために協力してはもらえぬだろうか？」

「んー……」

正直に言えば……どうでもいいな！　眼鏡が流行ろうと廃れようと僕には関係ないし。

いや、廃れるのは困るか。目が悪くて困っている人たちもいるわけだし。主に平民に。

眼鏡が平民にもなんとか手の届く値段で買えるようになれば、助かる人は多くいるだろう。そう考えると悪くはないとも思う。

ただそうなるとまずはレンズ研磨の技術をもっと広めないといけない。

ここらは同盟各国に技術開示すれば問題なく広まると思う。目の前に専門家がいるしな。

最終的には平民にも安い眼鏡を広めるとして、まずは貴族や上流階級に広める……か？　伊達眼鏡ならレンズ研磨の技術もいらないし、ファッションとして目の悪くない人たちにも流行らすことはできると思うけど……。

「でもなぁ……僕が眼鏡をかけたところで流行ったりはしないと思うんだけど……」

「む？　こういったものは有名人が広告塔になれば広まると思ったのだが」

「有名人……まあ、一部には有名かもしれないけどさあ。ファッションとして流行らせようとするなら、やっぱりモデルは女性とかの方がいいような気がする」

普通顔の僕がかけたところで、大したインパクトはないだろうし。なんなら地味さがパワーアップしてしまう可能性もある。

それならば、美人な女性にかけてもらって、眼鏡の魅力を振りまいてもらった方がいいんじゃないかね？

「ふむ。ならば君の奥方たちに協力を頼めないだろうか」

「え？」

「結婚式で拝見したが、全員美しい女性であった。彼女たちが我輩の眼鏡をかければ、さらにその魅力を引き出せることであろう。広告塔としては申し分ない。どうかね？」

「ユミナたちを眼鏡の広告塔に？　うーん……」

いやまあ、うちの奥さんたちが眼鏡をかけたら、それはそれはお似合いだと思いますけど？

リンゼの眼鏡姿とかは見たことがあるな。古代魔法言語の翻訳眼鏡をかけた時に。とてもよく似合っていた。……ふむ。

「とりあえず話だけはしてみましょう。みんなが嫌だって言ったら諦めてくださいよ？」

「うむ。ご助力感謝する」

まあ、みんなが眼鏡をかけた姿を僕も見てみたいしな。広告塔はダメでもファッションとしての眼鏡なら受け入れてくれるかもしれないし。とりあえず聞くだけ聞いてみよう。

◇　◇　◇

「で、あたしたちにどうしろって？」

「ほら、今度聖王国アレントで炎国ダウバーンと氷国ザードニア合同の結婚披露パーティーがあるだろ？　その場に眼鏡をかけて行って、宣伝してほしいってことらしいんだけども」

どういうこと？　と首を傾げるエルゼに僕が説明する。

炎国ダウバーンのアキーム国王と氷国ザードニアのフロスト国王の若き二人の王は、聖王国アレントのアリアティ姫とレティシア姫の姉妹姫をそれぞれ娶った。

結婚式はそれぞれの国で行ったが、このたび、お互いの正妃の国である聖王国アレントでそのお披露目のパーティーがあるのだ。

もちろん僕らも招待されていて……というか、僕がいないと各国の代表者が一堂に集まれないんだけども。僕以外はパナシェス王国のカボチャパンツ王子しか転移魔法が使えないからな。

まあ、そのパーティーで奥さん方に眼鏡をかけてもらって、他国の人たちにアピールしようって作戦なんだけど。

「眼鏡でござるか？　拙者、目は特に問題ないのでござるが……」

八重がなんで？　とばかりに首を捻っている。うーむ、眼鏡はイーシェンとかではほとんど見なかったし、どうしても視力矯正の道具としか見られてないからなぁ……。

「眼鏡は目が悪い者だけがかけるものにあらず。そなたらの魅力を引き出すものなり。ふむ、そなたにはオーバル型が似合いそうである」

八重の疑問にすかさず割って入り、眼鏡神ことグラシィさんが手にした鞄から楕円形の眼鏡を取り出す。

地球でよく見るオーソドックスな眼鏡だな。フレームは細い金属フレームのようだ。

眼鏡を手渡された八重は戸惑いながらもそれをかけてみる。

「ど、どうでござるか……？」

う……！

度無しの伊達眼鏡をかけた八重がおずおずと感想を尋ねてくる。これは……！

僕が息を呑んだのを見計らったように、眼鏡神がふふんと声をかけてくる。

「けっこうな破壊力であろう？」

「くっ……認めるしかない……！」

いつもは活発な八重が眼鏡をかけた途端に知的な雰囲気を纏ってしまった。ちょっとした文学少女のようにも見える。見えてしまう。これがギャップ萌えというやつなのか……！

これはちょっと甘くみていた。ここまで雰囲気が変わるとは……。

「だ、旦那様？　やっぱり変でござるか？」

「んいや!?　とても似合ってる！　かわいい！　いつもと雰囲気が変わって、それもまた良し！」

「そ、そうでござるか……。ふふっ」

照れた眼鏡っ娘八重もまた良し！

これはけっこうヤバいな……。いつもと違う八重にドキドキする……。

「そ、そんなに変わるのかしら？　あたしもかけてみようかな……」

「ふむ。活発そうなお嬢さんにはウェリントン型などどうかな？　雰囲気がガラッと変わると思うが」

眼鏡神のおすすめの眼鏡を受け取り、エルゼがそれをすちゃっとかける。

「ど、どう？」

少し丸みを帯びた四角形型の黒縁眼鏡をかけたエルゼが窺うようにこちらに視線を向ける。

おお……！　なんというか、委員長っぽい。いつもの活発なエルゼが鳴りを潜め、真面目な委員長が誕生した。口うるさいけれども優しい生真面目な少女、というイメージがする。

「真面目委員長萌え！」

「い、いいんちょう……？　えっと、似合ってるってこと？」

「もちろん！　いつもと違う感じでまた別のエルゼの魅力がよく出ている！」

「そ、そっかな……。ま、まあ、悪い気はしないわね」

ヤバいな。うちのお嫁さんたち眼鏡をかけてもかわいい。いや、眼鏡をかけたらまた別の魅力が引き出された気がする。これがメガネマジック……！

眼鏡神がポン、と背後から僕の肩を叩き、ドヤ顔でサムズアップをかましてくる。あ、なんだろう、イラッとした。眼鏡叩き割ってやろうかしら。

「面白そうじゃのう。わらわもかけてみたい！」

「ステフも！　かーさまとおそろいのがいい！」

スゥに釣られてか、ステフまで眼鏡に興味を持ったようだ。親子でお揃いの眼鏡ってのも面白いかもしれない。僕も同じのをかけてみるかな……。

「あたしもお母さんと一緒にかける！」

「え？　私も？」

スゥとステフの母娘に続き、リンネが強引にリンゼに眼鏡を勧める。

そうなると、他の奥さんたちも子供たちとお揃いの眼鏡を、となり、眼鏡神はしてやったりとばかりに次々と眼鏡を取り出して渡していく。

あっという間にほとんどの者が眼鏡をかけているという、眼鏡人口密度の高い部屋になってしまった。

うーむ、全員が眼鏡だと、逆に普通になってしまわないか？　これ。

眼鏡という際立つ個性が、眼鏡によって潰されているような気がするんだが……。

「わかっとらんのであるな。それは全員が裸眼の状態でも同じこと。むしろこうして全員が個別の眼鏡をかけたことによって、それぞれの魅力が引き出され、今までとは違う個性が生まれたのである。眼鏡をかけて初めて自然体になったと言ってもいいのである。これこそが人の本来のあるべき姿ではなかろうか。つまりは眼鏡は体の一部なのである！」

なんかよくわからんことを言い出したな……。

ちょっとだけ眼鏡論に納得しかけたけど、やっぱり度が過ぎるといかんな。眼鏡なだけに。

それはそれとして、奥さんと子供たちの眼鏡姿というのはかなりのレアなので写真に撮っておこう。

「……この眼鏡、なにか付与がかかってるのかしら？　普通の眼鏡じゃないわね？」

リーンがボストン型と言われる、丸みを帯びた逆台形の眼鏡を手にし、そんなことを口にした。付与がかかっている？　妖精族の目で確認したのかな？

「おお、そこに気がつくとはさすがであるな。確かに付与のついた眼鏡もいくつかあるのである。妖精族の奥方が手にしているものは【拡大視】であるな」

「【拡大視】?」

「眼鏡のテンプル……ツルに指を滑らせると見ている物が大きく拡大される付与である」

リーンが眼鏡の側面、ツルの部分で指をスッと動かすと、驚いたような表情を浮かべる。

「へえ、これは便利ね。望遠鏡のような使い方もできるってわけね?」

リーンが窓の外を眺めながら、指をスライドさせている。どうやらあの操作で拡大縮小をしているようだ。

「お母様、私にも! 私にも見せて下さい!」

そうなると魔道具好きな娘さんが黙っちゃいない。クーンが飛び跳ねるようにリーンの眼鏡をせがんでいた。

苦笑しながらもリーンがかけていた眼鏡をクーンに渡すと、彼女ははしゃぎながら同じように眼鏡のサイドをスライドさせて窓の外を眺めていた。

「まさか付与のついた眼鏡をばら撒いたりはしてませんよね?」

「さすがにそれはしてないのである。我輩は眼鏡を広めたいのであって、魔道具を広めたいわけではないからして」

眼鏡神の答えに僕はホッと胸を撫で下ろす。対処なしにこの類のものをばら撒いたりしたら、犯罪に使われる可能性もあるからな。

「他にもいくつか付与のついた眼鏡があるぞ。ちなみにこれは【鑑定】、こっちが【熱感知】、そしてこれが【光線】であるな」

そう言いながら、眼鏡神がテーブルの上に三つの眼鏡を並べていく。

ちょっと待て。【鑑定】と【熱感知】はなんとなくわかるが、【光線】ってのはなんだ⁉

「その名の通りレンズから【光線】を出す眼鏡だが。オーク程度なら一瞬で蒸発させることができるのである。欠点は眩しすぎて自分の目がやられてしまうところであるが……」

「物騒なのはしまってくれんかね」

眼鏡ビームかよ！　すごいかもしれないが、ネタ武器的な雰囲気が拭い切れない。

他二つはまともなのか……？

【熱感知】の方をかけて、ツルの部分に触れてみると、サーモグラフィーのように熱源が赤く光って見えた。どこぞの捕食者にでもなった気分だ。

一応、普通の状態と切り替えはできるのか。フレームを触るたびに切り替わる画像を確認する。

でもこれってどういう時に使えばいいんだろうね？

闇夜の中で獲物を探すときとか？　あ、諜報部署の騎士には使える眼鏡かもしれんな。

これは貰っとこう。

こっちの【鑑定】ってのは……？

同じようにそれをかけてフレームのサイドをタッチする。んん？

なんかターゲットのような、丸に十字のマークが出て、僕の視線に合わせてぐりぐりとそれが動く。まるでＰＣのカーソルみたいだな。

ぴっ、と部屋の壁にかけてあった絵画に合わせると、マンガの吹き出しのように説明文が現れる。


『絵画：油画』


……いや、それは見りゃわかるけども。

視線をずらし、部屋の扉の方へと向ける。


『扉：木製』

いや、だから。それも見ればわかるっての！　なんだ？　この【鑑定】ってのは見たそ

のまましか鑑定できんのか⁉

「それはかけた本人の知識によって細かく説明されるのである。故に、本人がわからないものはわからんのであるな」

「え、それって【鑑定】の意味なくない……？」

だって知っている知識によって出るのなら、【鑑定】なんぞせんでもわかるってことでしょう？

僕があの絵を見て『絵だな』『油画だ』としか知識がなかったからそう出たわけで、『作者は誰々(だれだれ)だな』『何年に描(えが)かれた物だ』という知識があれば、

【絵画：○○年に画家の○○○○が描いた油画】

と出たんだろうけど、知っているなら【鑑定】するまでもなくわかるわけで。

意味あるのか、この付与……。いや、忘れていた記憶からも引っ張ってこられるのならまだ使い道はあるのか……？

たとえば『会ったことはあるけど、誰だっけ、この人……？』というようなシチュエーションのときに【鑑定】すれば一発で出てくるわけだ。

あれ？　意外と使えるか……？

王侯貴族なんかだと、こいつ誰だっけ？　という場面はけっこうあるからなあ。

試しに隣にいた眼鏡をかけたユミナに照準を合わせてみる。

『ユミナ・ブリュンヒルド／望月ユミナ：女性。神の眷属。ブリュンヒルド公国公王、望月冬夜の妻の一人。旧姓ユミナ・エルネア・ベルファスト。風・土・闇の属性持ち。【看破の魔眼】、【未来視の魔眼】を有する。ベルファスト王国国王、トリストウィン・エルネス・ベルファストと、王妃、ユエル・エルネア・ベルファストの長女、第一王女として生まれる。弟に第一王子、ヤマト・エルネス・ベルファストが……』

長い長い、長いから。僕が知ってるユミナの情報が次々と出てくる。やっぱり知ってることが表示されるだけだな。使えるんだか使えないんだか……。

「あまりお気に召さなかったようであるな？　それならばこれはどうであるか？」

眼鏡神から黄色いセルフレームの眼鏡を手渡される。また変な付与じゃなかろうな……？

疑いつつもとりあえずかけてみる。……普通の眼鏡のようだが。

これもさっきの【熱感知】のようにフレームにスイッチがあるのか？

サイドのフレームに指を滑らせながら、周囲に視線を巡らせていく。特には……ん⁉

視線を向けたルーの服がうっすらと透けて見える……？　え⁉

まさかと思い、フレームの指をさらにスライドさせると、完全にルーの服が消えて、下着姿のルーが見えた。

「それは【透視】の付与がされた眼鏡である。視界が遮られた場所でも有利に——」

「ふんっ！」

「おわあぁぁぁ⁉」

バキィッ！　と僕はかけていた眼鏡を真っ二つに割った。

「なっ、なっ、なにをするのであるか！　眼鏡を破壊するとは神をも恐れぬ冒涜ぞ！」

眼鏡神が涙目になって反論してくるが、わかっちゃいないな。僕はあんたを助けたんだぞ？

「冬夜さん？　なにしているんですか？」

「今【透視】の付与がなんとかって聞こえたんですけど……？」

ギクゥッ⁉

僕らの背後にユミナとリンゼが、冷たい能面のような表情をして立っていた。

ゴゴゴゴ……とその背中から擬音が聞こえてきそうなほどの迫力と、ハイライトの見えない二人の双眸に、眼鏡神でさえ、ひゅっ……と息を呑み、冷や汗をダラダラと流し始める。

「い、いや⁉　【闘志】付与の眼鏡がね⁉　僕の力に耐えられなくて壊れたみたい！　エルゼとかが使えるかなあと思ったんだけど、残念だなぁ！　これってもうないんですよね？」

「う、うむ。付与の眼鏡は基本一点ものであるからな。もうない……のである」

「……なるほど」

「……そうですか」

ユミナとリンゼの重圧プレッシャーがふっと消える。一応納得してくれたようだ。二人が子供たちの方へと離れていくと、僕らは溜め込んだ息を大きく吐いた。

「危なかった……。この眼鏡の存在が発覚していたら、間違いなく奥さんたちに吊し上げられるところだった……」

「怖い奥さんたちであるな……。ま、まあよかったではないか」

「他人事みたいになに言ってるんですか。吊し上げられるのはあんたですよ？」

「我輩⁉」

僕が作ったわけでもないんだから、当たり前だろ。知った上で嬉々として受け取っていたら僕も危なかったが……。

発覚してれば間違いなく花恋姉さんたちも参戦してくる。眼鏡神に逃げ場はなかったろう。

さらに言うなら間違いなくパーティーで眼鏡をかけてはくれなくなったろうな。感謝してほしいよ、まったく。

「以後、こういった眼鏡は出さないように」

「り、了解である……」

眼鏡神が脂汗を浮かべながら、真っ青になってこくこくと頷く。神だろうと女性を敵に回してはいけないのだ。それが世界の真実である。

◇　◇　◇

うちの奥さんたちを広告塔にしたパーティーでの眼鏡の売り込みは、驚くほど反応が良

かった。

東方大陸に比べて機械技術の発達した西方大陸でも、やはり眼鏡は目の悪い者がかける、視力矯正用のお高い道具としか見られていない。

基本的にオシャレとして身につけるものとは捉えていなかったのだ。

新しいお菓子や料理、面白い遊具や便利な小道具などを発信してきたブリュンヒルドの王妃たちが揃って眼鏡をかけている。目が悪いわけでもないのに。

なるほど、眼鏡もファッションの一つなのだと、初めて認識されたわけだ。

そうとなれば、王族はもとより、上流貴族の者たちが食いつかない理由はなかった。特に女性陣は。

もともと眼鏡をかけていた者も、気分によって違う眼鏡をかけるのもアリなんだということに気づいたようだ。

そこに僕が大量の眼鏡を並べたものだから、あっという間に眼鏡の熱が広がっていく。

まずはその日の主役でもある聖王国アレントの姉妹姫に眼鏡をプレゼント。

そのギャップに炎国ダウバーンと氷国ザードニアの若き国王陛下たちはあらためて新妻にハートを撃ち抜かれた。うん、その気持ちはよくわかる。

そこからは皆それぞれがお気に入りの眼鏡を探すようになり、奥方、令嬢を中心に広まっていった。

そっちの方は奥さんたちに任せ、僕は御年配の方たちに遠近両用眼鏡を勧めていた。

一枚のレンズの中に、遠距離、中距離、近距離用のレンズが入っていて視線を上下に動かすことで遠くも近くも見ることができる。

加齢などにより、ピントが合いづらくなったというレグルスの皇帝陛下などはこれをいたく喜んでくれた。

昔からそういった傾向はあったらしいのだが、近年それがさらに酷くなったらしい。

……ひょっとして、いや、ひょっとしなくても僕がスマホをあげたからですかね……？

一応、拡大縮小の機能はついているんだけどな……。

ううむ。正直、眼鏡なんか流行ろうと流行るまいと関係ないや、と思っていたが、こうなってくると、責任の一端を感じてしまう。

視力低下は【リカバリー】でも治せないからな……。スゥのお母さんであるエレンさんのような、病気による後遺症なんかなら治せるけど。

罪滅ぼしというわけではないが、レンズの研磨技術が発展している西方大陸の国王陛下たちに、眼鏡神グラシィさんから預かったレンズ加工の指南書を渡しておく。

こういったものは本来、それぞれの工房の秘伝とされるものなので、僕がポンと渡してきたことにみんな驚いていたな。

その代わり、と言ってはなんだが、レンズ職人でうちに移住してもいいという人がいたら紹介して、と頼み込んでおいたけども。

眼鏡神頼りではなく、地上の人の力である程度の眼鏡は作れるようにならないと、平民たちまで広まらないからさ。職人を育てるのも為政者の務めだ。

「それで眼鏡神は？」

「パーティーを開催してた聖王国アレントに。あそこの貴族たちがこぞって眼鏡を取り入れ始めてさ。しばらくあの国で眼鏡を広めるって」

眼鏡神が居なくなったタイミングを見計らって現れた花恋姉さんと酔花に、これまでの経緯を説明する。

「というか、眼鏡神のことを全部僕に押し付けて、どこ行ってたんだよ？」

「眼鏡神は話が長いから……。面倒くさいのよ。それに変な眼鏡を勧めてくるし」

そう言って花恋姉さんが収納空間から取り出した眼鏡はピンク色のハート型フレームのサングラスだった。

漫画なんかで見たことはあるけど、本当にあるんだな、こんな眼鏡。まあ、ある意味花恋姉さんにピッタリな気もするけど。

「いいじゃん。似合うんじゃない？　ぶはっ」

すちゃっとハートサングラスをかけた花恋姉さんの姿に思わず吹き出してしまった。あまりにも胡散臭い感じが溢れ出ていて……！

笑いを堪える僕の鳩尾に、花恋姉さんのボディブローが突き刺さる。

「ぐふう⁉」

「笑い過ぎなのよ」

ぐおお……笑いが止まった……。

「花恋お姉ちゃんはまだいいのだ。あちしなんかこんなだぞ」

今度は酔花がすちゃっと眼鏡をかける。かけた眼鏡には太い眉毛と赤っ鼻にちょび髭がついていた。いわゆる鼻メガネである。

「あはははは！　最高！」

あまりにもおかしくて笑い転げる。酔っ払いの酔花にはピッタリな眼鏡だろ！

「ぐふう⁉」

「笑い過ぎなのだ」

うぐう……同じところを殴るな……！

「まあ、面倒くさいやつが出て行ってホッとしたのよ。この国に居座られたら眼鏡の国にされていたところなのよ」

「さすがにそれは困るな……」

眼鏡を平民にまで普及するという考えには賛同するが、全国民が眼鏡という考えには賛同できない。

奥さんたちもさすがに城に帰ってきたら眼鏡を外してたし。

ときどき気分転換する感じでかけるようにする、とは言ってたけども。

エルゼや八重なんかは客の顔を覚えるのが苦手なので、これからも鑑定眼鏡をかけそうだ。そういった意味では便利だからな、あれ。

子供たちにもいろいろ配ってたけど、まだファッションとして身につける、とまではいかないようだ。

たまにクーンとヨシノがかけてるくらいか？　あの子らが子供たちの中ではオシャレに気を遣っている方だし。

ヨシノに至っては神器のハープボウをスコープ機能が付いた眼鏡で長距離射撃してたな。

これに関しては使える眼鏡をくれたと感謝している。

「ところで冬夜君が問い合わせしていた【異空間転移】の話だけど……」

お。花恋姉さんが切り出してきた話題に、僕は少し前のめりになる。

全てが片付いたら子供たちを地球に連れていってあげたいと思い、僕が【異空間転移】でみんなを地球に転移させてあげるのはアリなのか、という話を前に花恋姉さんとしていたのだ。

僕自身が【異空間転移】で地球に行くことはすでに可能になっている。

だけど、この姿のままで行くことはできないとか、向こうではいろいろな力を使ってはいけないなどのいろいろと細かい規制がある。

地上に降りて、好き勝手に力を使っていたら、それは堕神に堕とされた侵蝕神となんら変わらなくなってしまうからな。

「結論としては問題ないのよ。ただ、冬夜君の【異空間転移】だと、微妙にズレる可能性があるのよ」

「ズレる?」

「【異空間転移】は世界さえも飛び越えて移動する神技だけれど、本来は時間さえも超えられるのよ。時空神……時江おばあちゃんみたいに自由自在とまではいかないけど。この世界を移動するだけなら大して問題はないけど、地球みたいに別世界だときちんと考えて跳ばないと、時間軸がズレてしまう可能性があるのよ。それこそ下手すれば江戸時代なんかに出るかもなのよ」

え、そういうズレ？　さすがに江戸時代にタイムスリップするのは困るな……。

うーん、やっぱり新婚旅行の時と同じく世界神様に頼むか……？　できれば自分の力で連れて行ってあげたかったが、わざわざ危険な方法を取ることはあるまい。

あるいは時江おばあちゃんに【異空間転移】の特訓してもらう、とか？

「それともう一つの、【異空間転移】で邪神の使徒の船に潜入するのはアリなのか、っていう話だけど……」

おっと、そっち。そっちの方も大事、というか、そっちが通って問題が解決しないことには地球にも行けない。

神気を使った【異空間転移】で、邪神の使徒の結界を超えて『方舟』に潜入、は、神々のルール的にセーフだろうか？　という話。

直接的に神の力で地上に影響を与えてはいないからギリセーフだと思うんだけど。セーフかアウトかちゃんと聞いてからじゃないと作戦も立てられない。

「【異空間転移】による邪神の使徒への直接的な干渉、それによって冬夜君、またはその眷属による強襲にならないのであれば大丈夫らしいのよ」

えーっとつまり、【異空間転移】によって邪神の使徒を直接こちらへ転移させたり、僕やユミナたちが転移による不意打ち攻撃をしないのであればＯＫってこと？

基本的に神気を使った攻撃は禁止されている。神の力を地上の戦いでは使うな、ってことなんだろうけども、たとえば【異空間転移】で邪神の使徒の背後に現れてガツン！　なんてのは、直接的ではないにしろ神気を使った戦闘行為と見做されるってわけか。

『方舟』に侵入するだけなら目を瞑る……ということでＯＫ？

「ＯＫなのよ。でも本当に冬夜君自身が神気を使って邪神の使徒を倒したりしちゃダメなのよ？　さすがに世界神様でも庇えないから。最悪、何千年単位での封印刑ってこともあり得るのよ？」

封印刑……。何千年も閉じ込められるのは勘弁だな。まあ、邪神の使徒と戦っても神気さえ使わなければいい……いや、そもそも僕が前に出て戦うこと自体があまり良くないのか。

うん、僕はみんなのサポート役に徹することにしよう。

「本当に大丈夫かにゃー。冬夜お兄ちゃん、カッとなるとこがあるから……」

「そうなのよ。普段はヘラヘラしてるくせに、ユミナちゃんたちに何かあるとすぐにサーチ＆デストロイになるから不安なのよ」

「普段もヘラヘラなんかしてないやい」

確かに奥さんたちや子供たちになにかあったら、花恋姉さんの言う通り、完膚なきまでに叩きのめすと思うが。いや、叩きのめしたらダメなのか……。

「だから基本的に神々は地上に降りたりせず、神器を勇者に与えるだけにしてるのよ。自分の怒りにまかせて力を振るってしまうと、地上の世界を壊しかねないから。神の怒りに触れて、海の底に沈められた大陸とか、一瞬で焼き払われた都市とか、やらかしちゃった例はいくつもあるのよ」

ううむ、やらかしちゃった、というレベルが半端ないんだが……。さすがに僕でもそこまではしないと思う。

「そうかにゃー？　神器を使うのって子供たちっしょ？　あの子らがピンチになったら冬夜お兄ちゃんが出張ってドーン！　ってやりそう」

うっ……。酔花の言う通り、確かにやってしまいそうな気がしてきた……。

「子供のケンカに親が出て行くのはみっともないのよ？　干渉するなって言ってるんじゃなくて、信じて見守れってこと。過保護が成長の妨げになるなんて、よくあることなんだから」

花恋姉さんの言うこの場合の『子供』とは、単に久遠たちのことではなく、『地上の人々』のことなんだろうなあ。

なんでもかんでも手助けをすればいいってもんじゃないって言いたいんだろうけど……

難しいもんだな。

作戦としては、まず【異空間転移】で『方舟』に潜入、できれば邪神の使徒のすぐ近くまで。

この時点では神器の特性である【神気無効化】はＯＦＦにしておく。じゃないと神気で転移できないからね。

で、転移したらすぐさま神器の【神気無効化】をＯＮにして、邪神の使徒の能力を封じる。

第一の標的、というか、絶対に倒さなければならないのは潜水ヘルメットの邪神の使徒だ。インディゴとかいったか。

あいつを倒して転移能力を封じないと、また逃げられてしまう。さらに失敗すれば今度は何かしらの対策をされる可能性もある。チャンスは一度きりと見た方がいい。

「奴とは一度刃を交えたことがあります。私が適任かと」

そう言ってインディゴを倒す役を買って出たのは八雲だ。

八雲お姉ちゃんずるいー！　とリンネがごねていたが、八雲の【ゲート】を使った不意打ちや、戦闘における技量から任せても問題ないとは思う。

ただ八雲が神器を使うとなると、刀形態の神器になるのだが、刀形態の神器は【神気無効化】の範囲が狭い。せいぜい五メートルあるかないかだ。

八雲が近づくまでに転移されて逃げられては本末転倒である。

「そこは【ゲート】で瞬間的に距離を詰めるつもりですが……」

「うーん……初手はそれで良くても、そのあと距離を取られて転移で逃げられる可能性もあるだろ？」

五メートルの距離をずっと保ちつつ戦うってのはかなりの技量がいるぞ。確かプロレスのリングでさえ一辺六メートル以上はあったはずだ。

「はいはい！　にげられないようにステフが【プリズン】をはるよ！」

神気を封じた時点で五メートルほどの【プリズン】で八雲ごと閉じ込める、か？

確かに中にいるインディゴは、八雲が一緒にいる以上神気を使えないから、【プリズン】を壊せず、逃げられない。

だけど八雲としては狭い空間で戦わなきゃならなくなる。刀だとなかなかにキツくないか？　狭い空間だと向こうの手斧の方が有利な気がする。

やはり一撃必殺……【ゲート】で瞬間的に接近し、一刀のもとに葬る。これが一番か？　だけど八雲にそれができるか……。失敗すれば間違いなくインディゴは転移で逃げてしまうだろう。それならば狭い【プリズン】の方がまだ確実性が……。

「あの」

どうするべきか僕が頭を悩ませていると、小さく久遠が手を挙げた。

「そもそも刀の神器で斬り込む必要はないのでは？　【神気無効化】の効果が広いハープボウなどを八雲姉様に持たせて、普通の晶刀で戦えばいいかと。とどめは神器を使う必要がありますが」

「あ」

久遠の言葉に目から鱗が落ちた。ああ、そうか！　別に八雲が別の形態の神器を持ったっていいんだ。

子供たち一人一人に合わせて設定したものだから、それ以外を使うって考えが頭からすっぽりと抜けていた。初めはそういう考えもしてたのになんで忘れるかね？

ハープボウだと五十メートルくらいまで【神気無効化】の効果が及ぶ。ただ距離が遠くなると効果が薄れるので、それなりの距離から始めたいところだ。

効果が薄いといっても転移を阻害するくらいはあるだろうし、八雲が近づけば近づくほど相手は転移を使えなくなるはずだ。大丈夫だと思う。

「問題は向こうにどれくらいの戦力があるかってことと、ピンポイントでその潜水ヘルメットの奴を狙えるかってことね」

「そうだな……」

確かにリーンの言う通り、できればインディゴが一人のところを狙いたい。

僕らが把握している限り、まだ邪神の使徒にはペストマスクの男と鉄仮面の女がいる。それに『金』の王冠も。さらに僕らの知らない邪神の使徒がいる可能性だってある。

神気を使った【サーチ】は僕の限界があるため、そこまで広範囲を探せない。だけど『方舟』の広さくらいなら問題なく探索できる。

『方舟』に潜入し、神気を含んだ【サーチ】を使えば、インディゴの場所がわかるはずだ。

……えーっとそうなると、『方舟』に【異空間転移】で潜入↓【サーチ】でインディゴを見つける↓再び【異空間転移】でインディゴの近くへ転移↓【神気無効化】発動↓八雲特攻……の流れかな？

「潜水ヘルメットの周りに邪神の使徒がいたらどうするんでござるか？」

「それは僕らで抑えるしかないと思う。八雲の邪魔をされないためにもやっぱり二人を広めの【プリズン】で囲った方がいいかな？」

ただ、僕らが邪神の使徒を倒してはいけないので、基本は子供たちに任せちゃうことになるし、子供たちも八雲が神器を持っている以上、決め手に欠けるのだが。

まあ八雲がインディゴを倒すまでの時間稼ぎくらいならできるだろう。インディゴを倒し、転移をできなくさせてから各個撃破すればいい。

「子供たちに手伝わせるってのはやっぱり気が引けるわ……」

エルゼがそう言って、隣のエルナの頭を撫でる。するとふるふるとエルナは首を横に振った。

「お父さんとお母さんたちが戦うなら私も戦う。私たちはきっとそのためにここに来たんだよ。だから任せて。みんながいればきっと大丈夫だよ」

「ああもう！　なんていい子なの！　ホントにエルナは私の自慢の娘だわ！」

ぎゅーっ、とエルナを抱きしめて涙ぐむエルゼ。

確かに子供たちがここに来なければ、もっと面倒なことになっていたかもしれない。

未来の僕たちはこうなることを知っていたのだろう。やがて来るその未来で、僕は子供たちを信じて送り出すことができるだろうか。

心配で引き止めたくなりそうな気がする。結果がわかっているとしても。

子供たちが未来から来たということは、その未来では邪神の使徒をどうにかできた……

ということなんだとは思うけど、神の力が関わるとその未来も歪みかねない。

よくあるタイムスリップ映画のように、過去が変わったことで未来から来た主人公の存在が危うくなり、世界から消えてしまいそうになる……なんて展開はないよな？

タイムパラドックスを修正してくれる時の精霊でも神の力で起こされた事象は変えられない。

今の未来と大きくズレてしまった場合、子供たちは未来へ帰れなくなってしまうのだろうか。時江おばあちゃんがなんとかしてくれるとは思うけど……。

なんにしろ失敗するわけにはいかない。ここは慎重に行くべきだな。

決意を新たにする僕の懐のスマホが、博士からの着信を告げる。

『冬夜君、アルブスから連絡が入った。ラーゼ武王国の海底周辺に設置しておいた探査機に反応あり。未確認の機体を含めた多数のキュクロプス、及び岩巨人、半魚人の群れがラーゼ武王国へ向かっている』

また性懲りもなく……！　……いや待てよ、これはチャンスなのでは……？

ラーゼ武王国に向かっている一団は、少なくとも邪神の使徒の誰かが率いていると思う。

それはつまり、『方舟』にいる邪神の使徒が一人少ないってことだろ？

最悪、ラーゼ武王国に向かっているのが潜水ヘルメットのインディゴである可能性もあるが、その確率は低いと思う。

『方舟(アーク)』のいる海底とラーゼ武王国までかなりの距離がある。おそらくはインディゴが転移させたのではなかろうか。

だとすればかなりの神力を使ったはずだ。そんな状態でラーゼ武王国と一戦交えるとは思えない。疲(つか)れたインディゴが『方舟(アーク)』に残っている可能性は高い。

どうする……？　『堕神』などの不安要素もある。慎重に行くべきだと思ったが……。

「『方舟(アーク)』に向かいましょう、父上。幸運の猫(ねこ)が目の前を走り抜けるのを、ただ見ているわけにはいきません」

僕の逡巡(しゅんじゅん)を見抜(みぬ)いたかのように久遠が語りかけてくる。他のみんなにも視線を向けると、全員が小さく頷いていた。

子供に背中を押されるなんて、なんとも情けないな……。ま、それも悪くないか。

「……よし、『方舟(アーク)』強襲作戦を開始する！」

◇◇◇

『方舟』を強襲するにあたり、まずは部隊を分けることにする。

ラーゼ武王国に向かっている軍勢を叩くグループと、『方舟』に突入するグループだ。

「神器は『方舟』突入部隊の方に回すから、ラーゼ武王国の方に来る邪神の使徒は倒せないわね……。撃退することが目標になるわ」

リーンがマップに示されたラーゼ武王国へ向かう光点を眺めながらそう漏らす。

手早く邪神の使徒を片付けられたら、ラーゼに向かえるかもしれないけど……そううまくはいかないだろうな……。

潜水ヘルメット男、ペストマスク男、鉄仮面の女、そして金の『王冠』……。

ここから一人引いても、最低でも邪神の使徒を二人、そして金の『王冠』を相手にしなきゃならんわけだ。

まだ見たことのない邪神の使徒がいる可能性だってゼロじゃないしな。

邪神の使徒を相手にする『方舟』強襲部隊は、どうしても子供たちをメインに据えなきゃならなくなる。そこが悩みどころだ……。

神器を使う八雲は絶対として、そのサポートとしては戦闘力のある子を選びたいな……。

フレイと久遠、あとはリンネ……はちょっと不安だから、ラーゼ武王国の方に回ってもらうか。母親であるリンゼのヘルムヴィーゲには空中迎撃（げいげき）に回ってほしいし。ラーゼ武王国の防衛には、多数戦を得意とするグリムゲルデやロスヴァイセを投入すると考えると、リーンと桜（さくら）……サポートに遊撃（ゆうげき）としてルーのヴァルトラウテかな。

防衛力の高いスゥのオルトリンデ・オーバーロードも防衛の方へ回そう。ステフもそっちの方が安全だろう。

【プリズン】を使って潜水ヘルメットの邪神の使徒……インディゴを八雲と一緒に閉じ込める役は、ステフじゃなくて僕でもできるからな。

そう考えた僕にリーンからのストップがかかる。

「いえ、スゥはラーゼに向かわせるとしても、ステフ……というか、ゴールドは『方舟（アーク）』に連れて行った方がいいと思うわ。向こうに『金』の王冠がいるなら、なにかしらの対抗（たいこう）ができるかもしれないし、なぜ『金』の王冠が二つあるのか、その謎（なぞ）も解けるかもしれないし」

「お母様！　私、『方舟（アーク）』強襲班の方に行きたいんですが！」

「却下（きゃっか）よ」

母親に笑顔（えがお）で配置換（が）えを却下され、がくりと膝（ひざ）をつくクーン。ブレないな、この子は……。

結局、『方舟』強襲班は、僕、八重、八雲、ヒルダ、フレイ、久遠、ステフ（ゴールド）ということになった。戦闘力特化グループだな。まあ、ステフは違うけど。

子供と離れることになったユミナとスゥが少しごねたが、なんとか説得した。

ユミナのブリュンヒルデもスゥのオルトリンデも、防衛戦に向いた機体だ。投入しない手はない。

今回は水中戦用フレームギア、『海騎兵』も投入して、海中で足止めを行い、なるべく被害を最小限にするつもりだ。

海騎兵はまだ練習機にインストールしていないので、うちの騎士団しか操れない。基本的にラーゼの戦士団は海岸で防衛を担うことになる。

あの国は戦いとなると見境なく突っ込んでいく傾向があるから少し心配だ。半魚人などなら地上に上がってから攻撃した方が有利なのだが、海まで突撃しそうでさあ……。

彼らの武装型ゴレムも水中や砂浜では十全に戦えまいに。無茶をして無駄な犠牲を増やさないといいんだが。

「よし、ラーゼ防衛戦の指揮はユミナに任せる。頼んだよ」

「任せてください。きっちりと撃退してみせます！」

「母上、御武運を」

「久遠！　あなたも無茶しちゃダメですよ？　ああ、お母さんは心配です！　冬夜さん、本当に、本当にお願いしますよ!?」

　ぎゅーっと息子(むすこ)に抱きついたユミナが、僕に目で強い圧をかけてきた。ううむ、僕の心配はしてくれないんだろうか……結婚(けっこん)してからまだ一年も経(た)ってないんだけどなあ……。未来から子供が来たことで一気に新婚感が吹(ふ)っ飛んだからな……。

　ちょっとの寂(さび)しさを感じつつ、僕らは行動を開始した。

　海中に待機する鯨(くじら)型オーバーギア・ヴァールアルブスのモニターには、深海に潜(ひそ)む『方舟(アーク)』の姿が映し出されていた。

　以前潜入させた探査球により、『方舟(アーク)』の大体の構造は把握している。

　すぐにでも突入することは可能だが、いきなり邪神の使徒たちがいるド真ん中に出てしまうと、せっかくの作戦が台無しになりかねない。

まずは誰もいない場所にこっそりと潜入する必要があるのだ。

『方舟』はその名の通り、どことなく四角い箱状の形をした船である。少しばかり船首の方が伸びていて、後部の左右には大きな動力機関のようなものがあるが、全体的にはティッシュの箱のような船だ。宇宙船のようにも見える。

以前探査球が侵入した、海底で採掘した鉱石を貯蓄する倉庫ならバレずに【異空間転移】で転移できると思う。

そこから邪神の使徒……というより、インディゴの居場所を突き止め、そいつを倒す。

運悪くインディゴが船内にいない場合は……退却するしかない、かな。

無理に船内の邪神の使徒を倒しに行っても、インディゴが帰ってきたり、船内の者からインディゴに連絡されたら、また逃げられる可能性がある。

もしもそうなってしまったら、もう二度と奴らは油断しないだろうし、警戒態勢もキツくなるのは間違いないからな。

一番好都合なのはインディゴが単独行動していた場合だ。自室に一人、なんて状況が最も望ましい。

押し込んで神器で神気を無効化し、【プリズン】で閉じ込め、一気にやってしまえばいい……って、まるで暗殺者の思考だな……。まあ、やることは一緒なんだが……。

逆に最悪なのが、全員が固まって同じ場所にいる場合だ。

離れるまで様子を見るという手もなくはないが、ラーゼ武王国へ攻(せ)め込んでいる邪神の使徒まで戻(もど)ってきたら目も当てられない。

船内の全員が同じ場所にいたとしても、覚悟(かくご)を決めて強襲するしかない。

「父上、ラーゼ武王国で戦闘が始まったようです。海底で海騎兵(ネレイド)とキュクロプスが交戦中ですね」

別モニターに映るマップを見ながら、久遠が状況を報告してくる。始まったか。よし、こっちも行動開始だ。

「アルブス、いつでも攻撃できるように準備しておいてくれ」

『了解』

最悪、僕らが失敗した場合にはヴァールアルブスに『方舟(アーク)』を攻撃してもらう。逃げ出す隙(すき)を作るためだ。ま、そんな状況にならないことを願うが。

「よし、じゃあ作戦開始だ。【異空間転移】！」

集まったみんなの周囲が一瞬(いっしゅん)だけ歪み、次の瞬間(しゅんかん)には僕らは別の場所へと転移を終了(しゅうりょう)していた。

どうやら無事に邪神の使徒の神気結界を超えて『方舟(アーク)』内部へと転移できたようだ。

かなり広い体育館のような倉庫は、壁に設置された小さな魔光石の光だけが薄ぼんやりと船内を照らし出している。

そこらに積まれた鉱石の入った箱が、自動でベルトコンベアーのようなものに載せられて部屋の一部に開けられた穴の中へと消えていく。

海底で採掘された鉱石をおそらくどこかで製錬するために移動させているのだろう。

人気はなく、ウィィィン……というコンベアが動く音だけがあたりに響き渡っていた。

「とりあえずは潜入成功でござるな」

「ここから邪神の使徒たちの位置を把握するんですよね？」

「うん。【サーチ】っと」

八重とヒルダに促されて、神気を含んだ【サーチ】を発動させる。神気を薄く水面の波紋のように広げ、範囲を広げていく。

邪神の使徒とゴールドじゃない『金』の王冠の位置を把握していくと、面倒なことに全員が同じ場所にいることがわかった。さらにいうなら邪神の使徒が想定より一人多い。

インディゴ、鉄仮面女、『金』の王冠、そして知らないもう一人の邪神の使徒がいる。

三人の邪神の使徒と『金』の王冠をいっぺんに相手にするのか……。

僕は【サーチ】でわかった情報をみんなへと伝える。

「転移能力を持つ邪神の使徒が、『方舟』に残っていただけでもまずはよかったと考えるべきだと思います」

「そうでござるな。インディゴとやらは八雲が相手をするとして、他の奴らをどうするかでござるが……」

ヒルダと八重が少し考え込む。誰に誰をぶつけるかを考えているのだろう。

八雲がインディゴと戦っている間、【プリズン】を張るとはいえ、なにか邪魔をされないとも限らないからな。

「鉄仮面の女は戦棍を使って重力魔法のような攻撃をしてきます。おそらくあれは邪神器の能力でしょうから、【神気無効化】が効いている間はそこまでの威力は出せないと思います」

鉄仮面の女と対戦経験がある八雲の意見を聞くに、対応できないほどの相手ではないようだ。

インディゴ以外の邪神の使徒は八重・久遠コンビとヒルダ・フレイ母娘に、『金』の王冠は僕とステフ、そしてゴールドが相手をする……という形が一番バランスが取れている、かな？

向こうの『金』の王冠とゴールドが邂逅した時、何が起こるかわからないからな。

同型機ならばなにかしらの同調機能があると考えた方が自然だ。……僕は最悪、ゴールドが操られて僕らを裏切る可能性も考えている。

ステフには可哀想だが、そうなった場合、【クラッキング】で無理矢理ゴールドを機能停止にするつもりだ。

博士たちの話だと、ゴールドにはブラックボックスのような装置があるという。それがもう一機の『金』の王冠と同調するための装置だとしたら……。

なにがあっても対応できるように、『金』の王冠には僕が当たった方がいい。

「お母様、戦棍持ちの鉄仮面は私たちが相手をするんだよ」

「そうですね。その方がいいと思います」

【ストレージ】から大きめの盾を取り出したフレイに、ヒルダが小さく頷く。

戦棍相手だと、八重の刀や久遠のシルヴァーでは受けるのに苦労しそうだからな。

【神気無効化】があるとはいえ、神器を持っている八雲から遠く離れたら、少しは加重能力が働く可能性もあるし。

「八雲、神器の準備はいいか？」

「はい。準備万端整っています」

八雲は神器を変形させたハープボウを、襷掛けした背中にぐいっと差し込んだ。武器としては使用せず、ただ【神器無効化】のためだけに身につける。

相手の邪神器を破壊するときには使わなくてはならないが、それまでは周囲にいる他の二人の邪神の使徒の神気も封じてもらわねばならないからな。

邪神の使徒をある程度痛めつけるか、邪神器を取り上げてしまえば、あとはこちらのものなのだが……。

「神気を使って戦えないのが地味にキツいよな……」

「まったくでござるなぁ……。一太刀くらい浴びせても問題はないと思うのでござるが……」

「でも八重さん、その一太刀で邪神の使徒が瀕死の状態になったらどうします？　邪神の使徒を倒したのはほとんど八重さんということになってしまいますよ？」

「そ、そこまで弱いとは思えないでござるが……」

そうなんだよな。言ってみれば向こうのＨＰがわからないから、手加減もしにくい。

ゲームなんかでよくある、弱らせてからモンスターをゲットだぜ！　ってアレに似てるな。

攻撃力が高すぎてキャラによっては捕獲モンスターを殺してしまうから、こいつには攻撃させないでおこう……ってのが、今の僕らの立ち位置だ。

「八重さんは眷属特性に目覚めたからそんな悩みができるんですよ……。私はまだ神気をうまく扱えません。八重さんと私と、なにが違うんでしょうか？　冬夜様からの愛情の差ではないんですよね？」

「そこ、みんな疑うけど違うからね⁉　個人差だから！」

八重は前回の邪神の使徒との戦いで眷属特性に目覚めた。【次元斬】という、空間をも斬り裂く能力を手に入れたのだ。それがいつも一緒に切磋琢磨してきたヒルダにはどうにも悔しいらしい。

早いとこ全員に目覚めてもらわないと、家庭内不和を起こしそうで怖いわ……。

あとはスゥとヒルダだけだけども……。

「お母様の眷属特性ってアレだよね、せいけ……うぷっ⁉」

なにかを話そうとしたフレイの口を、背後から八雲が手で塞いだ。

「フレイ、余計なことは喋るなと時江お祖母様に言われているだろう？」

「そだった……」

「八重さん、八雲さんが真面目すぎますわ！」

「真面目って……。まさかヒルダ殿に言われるとは……」

ネタバレを防がれたヒルダが、その不満を八重にぶつける。八雲も理不尽な言葉に困り顔だ。

「あの、時間がないのでは？」

はっ、そうだった。

久遠の言葉にみんな気を取り直す。ステフにいたってはゴールドと、せっせっせーのよいよいよい、と手遊び歌で遊んでいた。なんとも緊張感がゆるい。

こほん、と誤魔化すように咳を一つ、気を取り直してマップの光点を指し示す。

「邪神の使徒たちがいるのはここ、割と広い部屋だ。この赤い点が邪神の使徒で、黄色いのが『金』の王冠、点滅しているのがターゲットのインディゴだ」

赤い点が二つ、点滅している赤い点が一つ。そして黄色の点が一つ。計四つの点が一つの部屋に集まっている。

部屋の大きさはちょっとしたオフィス並み。休憩室なのか、作戦司令室なのか、はたまた研究室なのかはわからないが、戦えるだけの広さはある。

「少し離れたこの位置に全員で転移する。本当は不意打ちを仕掛けたいところだけど、それはルール違反だからね。相手に気づかれてもかまわない。八雲はすぐにインディゴへ突撃、他のみんなはそれをサポートしつつ、自らのターゲットの相手をする、と」

「この部屋には出入り口が二つありますが、もしも邪神の使徒が逃げ出したらどうしますか?」

マップを見ながら久遠が質問してきた。ううん、逃げ出したら、か。正直なところインディゴ以外なら逃しても問題ないような気もするんだが。

だけど神器を持つ八雲から離れれば、相手の邪神器も使えるようになってしまう。

鉄仮面の女の邪神器は重力操作っぽいが、もう一人の方は未確認だ。

万が一インディゴと同じような転移能力だったりしたら目も当てられないな。全てがパーになってしまう。

やはり逃さないようにするか。

「出入り口は僕が土魔法で塞ごう。海底だ。船を壊すようなことはしないと思う」

もしも『方舟』が浸水することになっても、【プリズン】があれば海底でも耐えられる。酸素だって取り込めるし、いざとなったら珊瑚と黒曜を召喚すれば水中でも問題ない。

「よし、じゃあ行くぞ。【異空間転移】!」

再び神気による転移を発動。一瞬にして広い室内に全員が転移する。

そこは展望デッキというような部屋で、前面と天井がガラスのようになっていた。

ガラスの外は不思議なことに海底であるはずなのに真っ暗ではなく、鮮明に海底の様子が見えていた。なにかの魔道具の効果なのか、それともこのガラス自体が外の映像を映すモニターのようになっているのかわからない。

壁際にコンソールのようなものがある。そしてその前に潜水ヘルメットを被った邪神の使徒、インディゴがいた。

そこから少し離れたところに置かれたソファーには鉄仮面の女がグラスを手にして座っており、その横には派手な緑色の羽根マスクをした女が座っていた。こいつがもう一人の邪神の使徒か。

そしてインディゴから一番離れた反対側の壁際に、邪神の使徒側の『金』の王冠が佇んでいた。

「な……⁉」

転移した僕たちにまず気がついたのは鉄仮面の女である。手にしたグラスを落とし、ガシャン！　とそれが床で割れた音で他の奴らも僕らの存在に気がつく。

その時にはすでに僕らは行動を開始していた。放たれた矢のように、一直線に八雲がインディゴへ向けて駆けていく。

「くっ、『ディープブルー』！」

インディゴの足下から青い液体がゴポッ、と湧き出るが、僅かに滲み出たくらいでそれ以上広がることはなかった。

「な……!?」

「無駄ですよ」

晶刀を鞘から抜き放った八雲がインディゴに斬りかかる。

狼狽しつつもインディゴはその手からメタリックブルーの手斧を閃かせ、八雲の刀を寸前で防いだ。

「【プリズン】」

すぐさま僕は八雲を中心とした一辺五メートルほどの【プリズン】を展開する。これでインディゴはもう逃げられない。

【鉄よ来たれ、黒鉄の防壁、アイアンウォール】

続けざまに二つの出入り口を鉄の壁で塞ぐ。これで袋のネズミだ。

【プリズン】に囲まれたインディゴが、手斧で結界を壊そうとするが、神気を封じられた状態では壊すことはできない。

「無駄ですよ。父上の【プリズン】は壊せない」

「貴女は龍鳳国で会った……!」

「今度は逃しません」

八雲の降り下ろした晶刀を手斧が弾く。防戦一方のインディゴに、邪神の使徒たちが助けに動いた。

僕らは八雲たちがいる【プリズン】に近づけさせないよう、それぞれ決めた相手に対峙する。

「お姉さんの相手はこっちなんだよ」

「どきな、クソガキ！」

メタリックオレンジの戦棍を振りかぶり、容赦なくフレイに叩きつける鉄仮面の女。

しかしフレイの手にした盾にあっさりと防がれる。

「潰れない……⁉　どうなってるんだい、これは⁉」

『理由ハ不明ダガ邪神器ガ封ジラレテイル。完全ニデハナイガ……ムッ』

焦る鉄仮面の女に『金』の王冠が冷静な分析を下す。しかしその赤い眼が、僕らの最後尾にいたゴールドを捉えるとぴたりと動きを止めた。

「ゴルドがもう一体……⁉」

羽根マスクの女が驚いたような声を漏らす。この反応からすると、向こうはゴールドの存在を知らなかったと見える。

果たして向こうの『金』の王冠……ゴルドというらしいが、あいつが邪神の使徒に教えなかったのか、それとも……。

目の前にいるゴルドがゴールドを凝視している。ゴールドの方もゴルドを見て動きが止まっていた。

『同型機……？　否。一部ノ差異ヲ確認』

ゴールドの言う差異とは、二本の小剣と背中のマントのようなパーツのことだろう。ゴールドにはあるが、向こうにはない。そして目の色がゴルドは赤、ゴールドは青だ。それ以外は全くと言っていいほど同じ機体だ。

そんなゴールドの声に、ゴルドがまったく同じ電子音声を漏らす。

『「セラフィック」ガモウ一機……!?　ドウイウコトダ……!?』

セラフィック……？　ゴールドのことか？

その時、ゴレムであるはずのゴルドから、僕は焦りや驚きといった人間臭い感情を確かに感じていた。

◇　◇　◇

『アリエナイ……！　「セラフィック」ハコノ一機ノミ……！　何故(なぜ)ダ？　何故モウ一機存在スル⁉』

ゴールドを見て、邪神の使徒側の『金』の王冠、ゴルドが震(ふる)えるような電子音声を漏らした。

ありえない？　向こうはゴールドを知らなかった？　ゴールドと同じく記憶(メモリー)を無くしているのか？　いや、そうであれば『ありえない』なんてセリフは出てこないはずだ。

「よくわからないが……しばらく動かないでもらう。【プリズン】」

潜水ヘルメットの邪神の使徒、インディゴにかけたように、ゴルドの周りを【プリズン】が取り囲む。これでもう逃げられまい。

『ヌッ……⁉』

ゴルドがその小さな拳(こぶし)を【プリズン】の結界に叩きつける。無駄無駄(むだむだ)、神気を含んでいなくてもその程度の攻撃(こうげき)でなんとかなる結界じゃないぞ？

『【変化(フェアエンデルング)】』

「なに？」

ゴルドがなにかを短くつぶやくと、その右手の装甲(そうこう)がまるで溶(と)けた飴(あめ)のようにぐにゃりと歪んだ。

柔らかい黄金の金属が右手を包み込み、円錐形へとその形を変えていく。まるでアイスピックのような形へと。

『【突槍】』

ゴルドが黄金のアイスピックを【プリズン】へと突き入れる。高い金属音のような音とともに、ピキリと僕の【プリズン】にヒビが入った。

「な……⁉」

驚く僕らには目もくれずにゴルドが再びアイスピックとなった右腕を同じ場所へと突き出した。今度はガラスが砕けるような音がして、僕の【プリズン】が粉々に砕け散る。

馬鹿な……！　こいつのボディには邪神の神気が含まれているのか⁉

【神気無効化】している八雲の持つ神器から一番離れた場所にいるといっても、せいぜい十メートルちょっとだ。

完全に無効化はできていないとしても、【プリズン】を破るなんて……！　変異種と同じぐらいの神気は纏っているぞ、こいつ……！

ゴールドの装甲には神気は含まれていない。それは博士たちが調べたから間違いない。ゴルド、改良されているな⁉

【プリズン】から飛び出してきたゴルドが、今度は僕に向けてその黄金のアイスピックを向けて突っ込んできた。

「【風よ包め、柔らかき抱擁、エアスフィア】！」

『ム』

突っ込んできたゴルドの右手が僕の五十センチ手前で勢いを無くし、作られた空気のクッションにより動きを止める。

次の瞬間、弾かれるようにその小さなボディが反対側の壁にまで吹っ飛ばされた。と、同時に僕が作った【エアスフィア】も破壊される。

危な……！　もう少し勢いがあったら貫かれていたかもしれない。

『【変化】・【戦斧】』

壁に叩きつけられたゴルドが立ち上がり、アイスピックと化していた右手が今度は斧状に変化する。くそっ、厄介だな！

抜き放ったブリュンヒルドを剣状態にして、振り下ろされる黄金の斧を受け止める。この小さなボディのどこにこれだけのパワーがあるのかと思うほどの重い一撃。

「【パワーライズ】！」

膂力を上げて斧ごと振り払う。再び壁まで飛ばされたゴルドであったが、今度は激突せずに壁に蹴りを入れて、くるりと回転すると猫のように軽やかに着地した。

赤い両眼がこちらを見据え、次いで後方にいるゴールドへと向けられる。

『問ウ。汝ガ「セラフィック」ノマスターカ？』

「……違う。ゴールドのマスターは別の人物だ」

ここでステフがマスターだとバレると面倒なのでとりあえず誤魔化す。

『ゴールド……「セラフィック・ゴールド」？　……ハイマスターコード１８７６２３９、ロック解除・エマージェンシーシャットダウン「セラフィック・ゴールド」』

急にゴルドから流暢な男の声が流れた。機械音声ではなく、人間の声に近い。録音した声か？

一体何を……と思う間もなく、先ほどと同じ声が再び僕らへ向けて放たれる。

『ハイマスターコード１８７６２３９、ロック解除・エマージェンシーシャットダウン「セラフィック・ゴルド」……反応無シ。「初期化」ノ可能性98％』

『初期化』？　ステフがしてしまったゴールドの初期化か？　ひょっとして今のは何かゴールドへの指令コードだったとか？　危な……！

「あまり余計なことはしないでもらいたいね。ゴールドのマスターが泣くようなことになったら責任を取ってもらうぞ？」

『知ラヌ』

突然、ガァンッ！　と鉄球が衝突でもしたような音が部屋に響き渡った。
振り返ると僕が【アイアンウォール】で作った鉄の壁が内側に歪んでいる。続けざまに同じような衝撃音が再び響き渡り、鉄の壁がさらにこちらへ向けて更に歪んだ。誰かがこの部屋に入ろうとしている⁉

まさか邪神の使徒がもう一人いたのか⁉　いや、【サーチ】で調べた限りはもう邪神の使徒はいなかったはずだ。見た目が全く邪神の使徒に見えなければ、【サーチ】に引っかからなかった可能性もあるが……！

僕が警戒を強めると同時に、【アイアンウォール】で作り上げた鉄の壁が勢いよくこちら側にぶっ倒れた。

そこから飛び込んできたのは翼を四つ持つ黄金の鳥。否、機械の鳥だった。鳥型のゴレムか⁉

『来イ。「ケルビム」』

黄金鳥のゴレムが室内を横に錐揉みしながら、ゴルドの下へとすり抜けていく。

鳥ゴレムはゴルドの背後に回ると首をのけ反らせるように倒し、足をガチャガチャと畳んでそのままゴルドの背中にドッキングした。

まさか……アレは博士たちの言っていた、グラトニースライムをオリハルコン化して作り上げた、『金』の王冠用追加装備……!?

ガチャッ、と四枚の翼を広げたゴルドがふわりと宙に浮く。天井のガラスがあるため、わずかに二メートルほどだが。

『【暴食の羽】』

四枚の翼からそれぞれ一枚ずつ、計四枚の黄金の羽根が、ミサイルのように僕の方へ向かって撃ち出される。

ブレードモードのブリュンヒルドで打ち払おうとした僕であったが、なにか嫌な予感がして、瞬時の判断でガンモードに戻し、飛んでくる四枚の羽根を四発の晶弾で撃ち落とす。

僕の放った晶弾が狙い違わず黄金の羽根に当たった瞬間、ぶわっと羽根が軟体状に変化して、弾丸を包み込んだ。

いや『包み込んだ』というよりは、『喰った』という方が正しい気がする。

ブレードモードのブリュンヒルドで打ち落とそうとしていたら、ブリュンヒルドが喰われたかもしれない……危なかった。

ボタッとその場に落ちた金の粘質的な物体は、うねうねと蠕動したのち、再び羽根の形に戻り、吸い寄せられるようにゴルドの背面翼へと回収された。

やはり晶弾を喰ったのだろう、その場には何も残らなかった。

「そいつがグラトニースライムをオリハルコン化して作ったやつか？」

僕がそう言葉にすると、ゴルドは僅かに驚いたような反応を示した。ずいぶんと人間味豊かな『王冠』だな。ゴールドでもここまでの表現力はない。

これが初期化したゴレムと、してないゴレムの差なのだろうか。二体が同型機だとすれば、だが。

だとしたらゴールドが初期化した部分には、どれだけの経験値があったのだろう。

それをこのゴルドは失わずに持っている。人間のように騙（だま）し討（う）ち、フェイント、搦（から）め手なんかを使ってくるかもしれない。やはり要注意だな……。

『汝ハ危険。計画ニ支障ヲキタス。排除（はいじょ）スル。【暴食の羽（グラトニックフェザー）】』

今度は手加減はしないとばかりに、四つの翼のうち二つからカカカカカカッ、と、何枚もの羽根が切り離され、再びミサイルのように僕に襲（おそ）いかかってきた。

ふん、種がわかればどうとでもなるんだよ。

「【ゲート】」

前面に【ゲート】を展開。飛んできた羽根を一枚残らず転移させてやった。行き先はアイゼンガルドの無人の荒野（こうや）だ。

【ゲート】は結界の中には開けないが、視界の届くところや、結界の中から開く分には問題ない。

「ずいぶんと弾が無くなったな。残りも飛ばしてやろうか？」

四つの翼のうち、二つの翼からほとんどの羽根が抜け落ちている。あの残りも無くなったら飛べなくなるのかも、と思ったが、羽ばたいて飛んでいるわけでもないし、落ちたりはしないか。

と、ゴルドの背中にある翼が暗金色の輝（かがや）きを放ち始めた。

『【時間反転（リバース）】』

「なに？」

突然僕（とつぜんぼく）の前に閉じたはずの【ゲート】が開き、その中から黄金の羽根が次々とゴルドの背の翼に戻っていく。まるで動画の早戻（はやもど）しみたいに。

「まさか……『王冠能力（クラウンスキル）』か……！」

『王冠』に本来備わっている特殊（とくしゅ）能力。契約者（マスター）の代償（だいしょう）を必要とする力。

博士が言っていた。スライムがオリハルコン化した『金』の王冠はマナタンクのように『代償』を肩代（かたが）わりさせることができると。

あの背中の装備がグラトニースライムをオリハルコン化したものだとすれば、あれも『代償』の代わりになるのだろう。

だけど『金』の王冠には【王冠能力（クラウンスキル）】はないとゴールドは言っていた。どういうことだ？

まさか初期化と一緒（いっしょ）に消えたとか？

理由はわからないが、こいつは王冠能力（クラウンスキル）を使える。しかも『黒』の王冠、ノワールと同じような時間操作系だ。

だけど自由自在に操れるわけではないと思う。もしそんなことができるのなら、今までにいくらでも使うチャンスはあったはずだ。

今の早戻しにしたって、僕は影響（えいきょう）を受けていない。

自分にしか使うことができないのか、範囲（はんい）制限でもあるのか。それとも……あまり『代償』を使いたくないのか。

僕の推論を裏付けるように、ゴルドの翼から数枚の羽根が黄金の輝きを失って床に落ちた。

落ちた羽根が砂のように崩（くず）れて塵（ちり）となる。あれが王冠能力（クラウンスキル）の『代償』か？

あの羽根の一つ一つが王冠能力（クラウンスキル）を使うために必要な『代償』なわけか。

あれがなくなれば、あとはその身を犠牲にするしかなくなる。そりゃ乱発はできないよな。

「とはいえ、時間操作はキツいぞ……」

時空魔法なら僕もいくつか使える。【ゲート】もそうだし、【ストレージ】や【アクセル】も時空魔法だ。

ひょっとしたら時の精霊に頼めばある程度の時間操作もできるかもしれない。範囲は自分の周囲に限られるだろうが。

でもさすがに世界全体を止めたり戻したりなんてのは、時空神である時江おばあちゃんの領域だ。

おそらくこのゴルドも自分のボディ、あるいは支配の及ぶ範囲だけの時間操作だと思う。僕の時を止めたり、遅くしたりということはできないんじゃないか？　それ以前に『代償』が必要となるならそう簡単に使うわけにはいかないはずだ。

さっきのは大幅に羽根を失うのと、数枚を失うのとで天秤にかけた結果、使う方がいいと判断したに過ぎないのだろう。

とはいえ、致命的なダメージを与えても時を戻されてしまえば、そのダメージも無かったことになってしまう。

いや、しつこいくらいにそれを繰り返させれば、やがて『代償』を払うこともできなくなり、倒せるかもしれないが……。

「こいつはちょっとばかり手間がかかりそうだ」

僕はブリュンヒルドを握(にぎ)り締(し)め、宙に浮かぶ小さな黄金のゴレムを睨(にら)みつけた。

「このっ……！　いい加減に潰れな！」

メタリックオレンジの戦棍(メイス)が年端(としは)もいかない少女へと容赦なく振り下ろされる。

「【パワーライズ】！」

フレイは【ストレージ】から取り出した円形の盾(ラウンドシールド)で、振り下ろされた戦棍(メイス)をしっかりと受け止めていた。

二重丸の中心に星が描(えが)かれた盾は、まるでアメコミのヒーローが持つような大きな盾であったが、フレイはそれを自由自在に操(あやつ)り、如何(いか)なる角度から襲い来る戦棍(メイス)も受け止め、逸(そ)らし、弾いていた。

八雲の持つ神器により、邪神器の戦棍(メイス)が生み出す重力攻撃はフレイでも受け止められるほど弱まっている。

それでも常人が受けたのなら、間違いなく受け止めた腕の骨が砕けるほどのパワーは出ているのだが。

娘が戦棍の攻撃を凌いでいるのを見ながら、フレイの母であるヒルダはなんとも歯痒い気持ちになっていた。

戦棍をもつ鉄仮面の女には何度か大きな隙があり、斬り込もうと思えば斬り込めた。

しかしながらそれをやってしまうと、『神の眷属』である自分が邪神の使徒を倒してしまうかもしれない。

ここにいるのはあくまでフレイのサポートのためであり、危機に瀕しない限りは手出し無用、と娘からも釘を刺されては見守るしかなかった。

「八重さんと違って、私には【眷属特性】がまだ無いんですから戦ってもいいと思うんですけど……」

とはいえ、こんな状況なのに楽しそうに戦っている娘を見ると、それを邪魔するのも憚られてしまうヒルダであった。

ちらりと離れた場所で戦っているもう一組に視線を向ける。

八重の見守る中、フレイよりも小さな少年が白銀の小剣を構えている。

その少年——久遠に向けて、輪状のものが戦っている相手から放たれた。

暗緑色の燐光を放ちながら、矢のように飛んでいく戦輪。それを慌てることなく横薙ぎに振った剣で弾く久遠。

弾かれた戦輪はあらぬ方向へと飛んでいったが、突然空中でピタリと止まり、ギュンと放った持ち主の下へと戻っていった。

立てた二本の指を戦輪の内側に入れるようにして受け止め、派手な羽根マスクをした邪神の使徒の女が妖艶に微笑む。

「私の『ビリジアン』を弾くなんて、なかなかやる坊やね」

「お褒めに預かり恐悦に存じます。それなりに鍛えられているもので」

「それなり、ね。謙遜は過ぎると嫌みよ」

羽根マスクの邪神の使徒、ピーコックは二本の指で回転させていた戦輪をピッ、と空中へ放り投げた。

すると投げた戦輪が彼女を中心にぐるりと分裂し、まるで衛星のように幾つもの戦輪がその身の周囲を回り始める。

「これはどうかしら?」

ピーコックの周囲を回っていた十もの戦輪が一斉に久遠へ向けて放たれる。

同時に十もの攻撃。どう見ても避けられるはずがない。魔法障壁を張ればと思うかもしれないが、ピーコックの戦輪(チャクラム)はそれさえも斬り裂く。

全身から血を噴(ふ)き出し、少年が倒れる姿を想像していたピーコックだったが、そこにあり得ないものを見る。

久遠の右目がいつの間にかオレンジゴールドに変化していた。

スッと久遠が横に揺(ゆ)れる。右肩(みぎかた)ギリギリのところを戦輪(チャクラム)が通過していく。

左手を少し上げる。その脇(わき)の下をスレスレで戦輪(チャクラム)がくぐり抜けていく。

右手の剣を横に払う。戦輪(チャクラム)が弾かれる。少しだけ屈(かが)む。頭上を戦輪(チャクラム)が通り抜けていく……。

「な……!?」

同じような僅かな動きで十もの戦輪(チャクラム)を全て凌いでしまった久遠を、ピーコックは信じられないという目で見ていた。

「二つだけ避けられませんでしたね」

『八つも避けりゃ充分(じゅうぶん)でやんしょ』

どことなく不満そうな久遠の呟(つぶや)きにシルヴァーが呆(あき)れたように言葉を返す。

久遠の言う通り、二つの戦輪(チャクラム)だけは剣(シルヴァー)で弾き、避けなかった。

久遠の持つ未来を見通す【先見の魔眼】でも避けられないものは避けられない。

二つくらいならば剣で弾けばよかったのでそうしただけで、それ以上であれば【圧壊の魔眼】や【固定の魔眼】でなんとかしただろう。

「気味の悪い坊やね……っ！」

「それは申し訳ない」

再び戦輪を分裂させ、久遠へと投擲するピーコック。また同じように躱し、うち二つを剣で弾く久遠。

一見久遠の方が有利に見えるが、魔眼とて連続で使用すれば負担がのしかかる。

一歩踏み込もうとするも、その度に戦輪が飛んでくるものだから、久遠はその対応に追われてなかなか攻め込めずにいた。

他の魔眼を併用し、斬り込めばいけるかもしれないが、久遠の役目はこの邪神の使徒を倒すことではなく、八雲がインディゴを倒すまでの時間稼ぎだ。賭けに出るべきではないと判断した。

後ろに控える八重もそう考え、インディゴへと向かわないように睨みを利かせているのだろう。

久遠は【プリズン】の中にいる長姉に少しだけ視線を向けると、繰り返し襲いかかる戦輪を捌くことに集中した。

◇　◇　◇

振り下ろされる水晶のような刃を躱しながら、インディゴは自分たちを囲っている半透明の結界に、邪神器『ディープブルー』を叩きつけた。

ギィン！　と先ほどと同じような金属を叩くような音がしただけで、結界にはヒビ一つ入らない。

「いったいどうなっているんです、これは……？　『ディープブルー』でも砕けぬ結界……いや、『ディープブルー』の力が失われているのか？」

再び襲いかかってくる白刃を躱し、インディゴは結界で囲まれた狭い空間の中を逃げ回っていた。

八雲はずり落ちそうになる背中の神器、ハープボウをしっかりと襷に押し込んで、元の位置に戻す。

なかなか決め手を繰り出せない八雲は、一瞬、この神器を刀に変えてインディゴに斬りかかりたい衝動に襲われたが、それをすると【プリズン】の外で戦っている邪神の使徒たちが【神気無効化】から解放されてしまう。

それをするのは確実に仕留められると確信したときだと八雲は自分に言い聞かせた。

焦るな。

相手の動きを見て、少しずつその動きを封じていけ。

「【ゲート】」

「っ⁉」

突如現れた空間の歪みから、不意に飛び出してきた刀の切っ先を仰け反るようにして避けるインディゴ。

「空間魔法……！　こちらは使えないのにそちらは使えるってのはズルくありませんかね？」

「守るべきものを守るためなら、ズルい、卑怯と罵られても、なんら恥じることはない」

自分のちっぽけな誇りや正義感で、守るべきものを危険に晒すのならば、そんなものは捨ててしまえと八雲の両親は言うに違いない。

個人としての戦いならば、正々堂々、自らの誇りをかけて戦うのもいいだろう。

しかし、何かを、誰かを守るための戦いで、それを貫こうとするのは、その者の自己満足でしかない。優先順位を間違えるな、ということである。

八雲が守るべきものは家族、そして自国の国民、ひいては世界で懸命に生きる人々。

それを守るためならば、ズルいと言われようが、使えるものはなんでも使う。そこに迷いはなかった。

「ズルい、卑怯は敗者の戯言だと？　なるほど。私もそう思います」

「っ⁉」

インディゴが腰のポーチから何やらスプレー缶のようなものを取り出した。

インディゴがピンを抜いてそれを地面に放り投げると、一瞬にして毒々しい紫色の煙が噴き出して結界の中に充満していき、八雲の視界を遮る。

「小賢しい真似を……！　九重真鳴流奥義、颶風嵐華！」

八雲が魔力を帯びた晶刀を裂帛の気合と共に横薙ぎに振るうと、その剣先から小さな旋風が生まれ、すぐにそれは大きな竜巻となって紫色の煙を巻き込んでいった。

冬夜の作った【プリズン】は、結界を通り抜けられるものを自由に指定できる。

当然ながら空気を遮断しては中の者が窒息してしまうため、空気は【プリズン】を普通に通過するようになっていた。

毒々しい紫色の煙が結界の外へと追いやられる。煙が無くなったことで八雲の視界が鮮明に戻った。

「な……!?」

八雲から驚きの声が漏れる。刀を構え直した八雲の目の前から、潜水服の邪神の使徒、インディゴの姿は影も形も無くなっていたのである。

「消えた……!?」

目の前から消え失せたインディゴに八雲は呆然としていた。みんなで力を合わせてここまで追い詰めたのに、最後の最後で逃してしまった。

作戦は失敗。自分のせいで全ては水の泡。そんな気持ちが心の奥から溢れ出てきて、ドキンドキンと八雲の胸の鼓動が速くなる。

どうしよう。とりあえず父上に【プリズン】を解除してもらって、どこに逃げたか【サーチ】で……!

「八雲！　落ち着くでござる！」

周章狼狽する八雲の耳に、母である八重の声が届く。

びくっ、となった八雲が八重の方を見ると、振り返りながら、強い視線をこちらへと向ける母の姿があった。

そうだ。まずは落ち着け。こういう時こそ明鏡止水の心にならねば。

深呼吸をひとつ。

そして考える。父上の作った【プリズン】は神気を含む攻撃がなければ壊せないし、突破できない。そしてその神気は自分の背中の神器で封じられている。

だから奴が使う転移魔法も封じられているはず。ではどうやってここから姿を消した？

「姿を……消した？」

はっ、と八雲は自分の思いつきに感覚を研ぎ澄ます。【プリズン】の端、角の方に僅かな空気の流れを感じた。

「そこだっ！」

八雲が懐から飛び出した二本の飛苦無を投げる。一本は【プリズン】に当たり跳ね返ったが、もう一本は何もない空間で弾かれた。

と、同時にジジジッ、と滲むようにその場に潜水服にヘルメットのインディゴの姿が現れる。

「……勘の鋭い方ですね。この結界を解くまで待つより、そのまま攻撃した方がよかったようです」

まだインディゴの膝から下は消えているように見える。彼が動くと背景との境目のようなものが見えた。

どうやらあの潜水服は幻影魔法を纏うようなことができるらしい。

「スカーレットの改造を受けておいてよかったですよ」

再びインディゴの姿が背景に消える。八雲はすぐに後ろに下がり、【プリズン】の角に陣取る。ここならば背後から襲われる心配はない。

刀を構える八雲の目の前に、突然インディゴが現れ、手にしたメタリックブルーの手斧を振り下ろす。

それを受け止め、捌き、斬り返したところで、再びインディゴの姿が見えなくなった。

追い詰められた状況になっているこの形では、一瞬でも気を抜くことはできない。

どこから攻撃がきてもいいように、全神経を集中し、周囲の気配を探る。

僅かな空気の揺らぎを感じた八雲へ向かって、突然何もない空間から銛のようなものが飛んできた。

「くっ⁉」

咄嗟にそれを刀で打ち払った八雲だったが、続けざまに現れた手斧を振りかぶったインディゴが襲い掛かる。

八雲の刀はすでに振り抜かれており、インディゴの攻撃を受け止めるのは不可能だった。

八雲は横っ飛びに地面に転がり、振り下ろされる手斧をギリギリで躱す。

転がりながら腕と足の力を使い、弾かれるようにインディゴから距離を取った。

パラリと少し切られた髪が辺りに散り、八雲の頬を冷たい汗が伝う。今のはギリギリだった。迂闊に銛を弾かずに避けていれば、インディゴを迎え撃つこともできたはずだ。些細な判断ミスが運命を大きく変えることもある。気をつけねば。

「……もう少しでしたね。次は外しません」

いつの間にかインディゴの左手首の装甲部分に射出装置のようなものが取り付けられている。そこにガシャリと撃ち出す銛をセットして、ジジジッ、とインディゴの姿がまた消えていった。

八雲は感覚を研ぎ澄まし、精神を集中する。相手の身体が消えたわけではない。見えなくなっただけだ。斬り倒すべき敵はそこにいる。

しばしじりじりとした時間が流れる。状況の変化は突然現れた。

八雲の右斜め、何もない空間から再び銛が撃ち出される。と、同時に左斜めから手斧を持ったインディゴが襲い掛かった。

インディゴの左手首にあった射出装置がない。射出装置を自動で撃ち出すような設定にし、自分に襲いかかる反対側に仕掛けたのだと八雲は見抜いた。左右からの同時攻撃。

銛を弾けば手斧に斬られ、手斧を防げば銛に貫かれる。八雲のとった行動は――。

「【ゲート】！」

「ぐっ⁉」

インディゴが突然後ろから貫かれた衝撃に思わず仰け反る。視線を下に向けると、鳩尾から鋭い銛が飛び出していた。

「これ、は……⁉」

相手に撃ち出したはずの銛に、自分が貫かれている。それも背後から。

八雲が【ゲート】を使い、銛を防ぐと同時に、インディゴへの攻撃に使ったのだ。

八雲の前からインディゴの背後に小さな【ゲート】で転移された銛は、射出された勢いそのままに彼を貫いたのである。

貫かれたインディゴの鳩尾から、暗金色の粒子が血のように噴き出す。しかしそんなことはお構いなしに、それでもインディゴはメタリックブルーの手斧を八雲へ向けて振り下ろした。

その時になって、インディゴは八雲の刀が別のものになっていることに気づく。

先ほどまでの水晶のような刀身ではなく、プラチナの輝きを放つ、神聖なる気配を帯びた刀になっていることに。

「九重真鳴流奥義、紫電一閃」

その名の通り閃光の如く横薙ぎに振るわれた神剣によって、かちあったインディゴの持つ邪神器、ディープブルーが真っ二つに斬り裂かれた。

ゴトッと、床に落ちた邪神器が青い輝きを失い、黒煙を上げながらドロドロに溶けていく。

「くく……ここまでですか、ね……。あとは頼みましたよ、スカーレット……。虚飾と欺瞞に満ちた世界を終わらせる、滅びの邪神に栄光あれ！」

インディゴがその場にくずおれる。バラバラになった潜水服の中から出た大量の砂が、その場に撒き散らされていった。

それを確認した八雲ががくりと片膝をついた。

危なかった……。一瞬でも銛の一撃がインディゴを貫くのが遅かったなら、八雲の刀は躱されていたかもしれない。

だが、なんとか勝った。これでここにいる邪神の使徒たちは転移して逃げることはできない。

「なんとかなった……かな」

八雲を囲む【プリズン】の外では、母である八重が微笑みながら小さく頷いていた。

◇　◇　◇

『来ました！』

ラーゼ武王国の南、アイゼンガルド寄りの海岸から上陸しようとするキュクロプスの群れ。

それを発見し、哨戒行動をとっていたリンゼのヘルムヴィーゲは、方向を変えて味方陣地の方へと飛んでいく。

『キュクロプスだけじゃありません、見たことのない巨大な機体もいます！』

「ここからも見えてるわ。ずいぶんと大きなキュクロプスね。明らかにオーバーロードよりも大きい……二倍以上はあるかしら」

と、リンゼの通信に応えたのはグリムゲルデに乗るリーンである。かつて対峙した古代決戦兵器のギガンテスよりは小さいが、それでも百メートル近くはあろう。それがこちらへと向かっている。

キュクロプスと同じく単眼だが、胸のところにも眼を模した赤い単眼がある。単なる模様ということはないだろう。おそらくは何かの武器か装備と思われる。

「お母様、大きけりゃいいってもんじゃないんですよ？　機体にはそれぞれに適した大きさというものがあるんです。大きいがために動きが鈍くなったり、関節や駆動部に負担がかかるような作りでは意味がありませんからね」

背後に座る娘からそんな声が飛んできた。振り返らずともドヤ顔をしているであろうことがリーンには手に取るようにわかる。

「負担ね……ちゃんと歩いてはいるようだけど」

「まあ、最低でもそこらへんはクリアしないと実戦投入はしてこないでしょう。軽量化の刻印魔法か、耐久性強化付与あたりをしてるんじゃないでしょうか。だけど、あそこまで大きいと重さも武器ですからね。軽量化はないかな……。いや、【グラビティ】みたいに状況に応じて切り替えができるなら……」

リーンがブツブツと考え込んでしまったクーンを放置してると、リンゼのヘルムヴィーゲから再び通信が入った。

『後方のキュクロプスが空に向けて神魔毒（弱）を撃ち出しました！』

空にパーン！　と花火が上がるような音がして、リーンたちのいる上空に金粉が撒き散らされる。

リーンたちはすでに神魔毒（弱）対策である戦闘スーツを着込んでおり、体調不良は起こしてはいない。

問題はフレームギアの機能低下だが……。

「ククク……。何回も同じ手が通じるとは思わないことですね。戦争は兵器開発の繰り返し。対策を怠った者から敗れていくことを知るがいいです！」

グリムゲルデの後方座席にあるコンソールを操作して、クーンが機体の出力状況を確認する。少しの間があって、その結果がモニターに表示された。

「出力ダウン18％！　どうです！　二割以下に抑えましたよ！　我ら開発陣の勝利です！」

心底嬉しそうにクーンが高笑いを上げる。そんな娘の奇行にリーンは小さくため息をついていた。

まあ、四割もパワーダウンしていたものが、二割以下に抑えられたのだから、嬉しくなる気持ちもわからなくはないのだが、母親としてはもうちょっと抑えてほしい。

リーンは再び小さなため息をつきながら、専用機の全チャンネルを開く。

「いつもと同じく、まずグリムゲルデで【一斉射撃】をかけるけどいいかしら？」

『そうですね。ある程度間引いてもらえると』

『うむ。グリムゲルデがクールダウン中はわらわが前に出て守るのじゃ』

ブリュンヒルデに乗るユミナとオルトリンデ・オーバーロードに乗るスゥから通信が入る。

殲滅戦砲撃型フレームギア、グリムゲルデの【一斉射撃】の攻撃力は、全専用機中、スゥのオーバーロードと一、二を争うが、その後、無防備な数分のインターバルを必要とする。

そのため、初手で全体への【一斉射撃】、その後クールダウンを経てから、後方から他の仲間たちのアシストというのが、グリムゲルデの役割だった。

今回も同じく、まずグリムゲルデが敵の前面に立ち、全武装を展開する。

「食らいなさい。【一斉射撃】！」

放たれた晶弾の嵐が目の前にいるキュクロプスの群れへと飛んでいく。

いつもならばその弾丸に被弾し、キュクロプスは大きくその数を減らすはずだった。

「えっ？」

ところが前方にいたキュクロプスがずらりと並び、密集して盾のように後方のキュクロプスたちを晶弾の雨から守ったのだ。

当然のごとく前にいたキュクロプスたちは蜂の巣となる。しかしすでに機能を停止しているにもかかわらず、残りの晶弾を後ろへは通さないとばかりにその場に踏みとどまっているのだ。

いや、踏みとどまっているというよりは、横にいる、そして後ろにいるキュクロプスが、くずおれるのを許さない、と言った方が正しいか。

晶弾を受けたキュクロプスたちを言葉通り盾にして、【一斉射撃(フルバースト)】を耐(た)えきったのである。

倒れたキュクロプスはわずかに十数機。通常の三分の一ほどにも及ばない。

ブシュー、とキラキラと光るエーテルリキッドの残滓(ざんし)を含む白い煙を上げてグリムゲルデが機能を停止する。

すかさずスゥのオーバーロードと重騎士(シュバリエ)たちが前に出て、グリムゲルデを守る陣形(じんけい)を取った。

『驚(おどろ)いたの。まさかあのような連携(れんけい)をとってくるとは……』

『姿形は同じでも、今までのとは中身が違うってことかしら？』

オーバーロードの前にエルゼとリンネ（またエルナと代わってもらった）が乗るゲルヒルデが出る。

すでに海中では海騎兵(ネレイド)とキュクロプスとの戦いが始まっているようだ。時折、海面に海騎兵(ネレイド)の放った魚雷(ぎょらい)による水柱が立っていた。

「いえ、あれは中身というよりかは……。指揮系統が違うように感じます。今までは『進め』、『戦え』と、簡単な命令しか発していなかった指揮官がクビになり、『皆を守りつつ進め』、『倒せそうなやつから倒せ』と細かく命じる指揮官に代わったような……」

動けなくなったグリムゲルデの中で、クーンがそんなことを口にする。

「もしかしたら、軍機兵と同じ、いや、それ以上の統率システムが使われているのかもしれません。だとしたら今までとは違う動きをしてくる？　それこそ軍隊のように、指揮官の命じるがままに、練度の高い合理的な戦いを行うかも……。自分の手足のように複数体のゴレムを操り、それをつかって、」

「つまり一筋縄じゃいかないってことね」

娘の長い分析に、母リーンがスパッと結論を述べた。簡単に言えばそうです……とクーンが不満顔で口を尖らせる。

『後方に巨大なキュクロプスとは別の、赤い特殊個体を確認。おそらくは邪神の使徒かと』

リンゼの通信が専用機に乗る全員に通達される。

それを聞いたユミナが、ブリュンヒルデが持つライフルスコープを通して、海から上がってくる後方の群れの中にその機体を確認した。

メタリックレッドのボディが太陽の光を浴びて輝いている。他のキュクロプスと比べていささか細身の、フレームギアに近いシルエットをしていた。しかしながらやはりカメラアイは単眼で、その手には同じメタリックレッドの細剣を手にしている。

あの細剣には見覚えがある。

かつて『方舟』を見つけたガンディリスの遺跡にて、自分たちの侵入を阻み、『方舟』を奪い去った邪神の使徒が身につけていた物と同じである。

黒いコートに黒いサングラスゴーグル、ペストマスクの仮面をした邪神の使徒。

この一団はその男が率いているのだろう。ならば……。

「ひと当てしてみますか」

ユミナはブリュンヒルデの構えるライフルスコープの照準を赤いキュクロプス、その頭に固定する。

かなり遠いが当てられないわけじゃない。逆にこの距離からなら警戒もしていないだろう。

そしてそのまま引き金を引こうとして——やめた。

撃とうとした瞬間、赤いキュクロプスが躱す姿が視えたのだ。

ユミナの眷属特性である『未来視の魔眼』は、意識して使わなくとも発動することがある。

それはこういった、『やっても無駄(むだ)』という状況か、ギリギリの危機の時に発動することが多い。

これは本能的に、自分に不利な状況を回避(かいひ)するため、無意識に発動するのではないかと思っている。

ここで撃って相手に避けられ、逆に警戒心(けいかいしん)を持たれるという、自分たちにとって不利な状況になることを止めようとしたのだろう。

ユミナはブリュンヒルデのライフルスコープからカメラを離した。

「桜さん、支援魔法(しえんまほう)を。戦闘開始です！」

『おっけぃ』

桜が乗るロスヴァイセの背中に装備された、大砲(たいほう)のような二つのシンフォニックホーンが両肩(りょうかた)に載(の)る。

両肩にラッパ状のシンフォニックホーンを構えたロスヴァイセからいくつもの音響魔法陣(スピーカー)が展開された。

『ヨシノ』

『いっくよー！』

ダン！　ダン！　ダン！　ダン！　ダン！　と、小気味よいドラムのリズムに続き、ヨシノのギターが奏でられる。

出だしの小節を聴いて、この曲か、と専用機に乗る王妃たちはくすりと笑った。

一九六〇年代に作られたこの曲は、のちにロマンティックコメディ映画の主題歌として起用され、リバイバルヒットとなった。

その映画を観たことのある彼女らはこの曲をいたく気に入っていた。それを知ってのチョイスなのか。

やがて桜の歌が流れてくる。素敵な女性を讃える歌詞が、戦場にいるフレームギアのエーテルリキッドを活性化させ、出力を跳ね上げる。

『ラーゼの戦士たちよ！　続けい！』

貸与されている黒騎士に乗るラーゼ武王国の武王が攻撃命令を下す。

その声を受けて、一斉にフレームギアたちが地響きを上げてキュクロプスの群れへと突撃を開始した。

ブリュンヒルドの騎士たちは、今回ほとんどが海騎兵で出陣しているため、陸上でのフレームギアは主にラーゼ武王国の戦士団が駆ることになる。

ラーゼ武王国は本来、己の武を尊ぶお国柄であるが、フレームギアも武器の一つと捉え、フレームユニットによる訓練を積んできた。

やがて操縦に慣れてくると、己の身体と同じように動かせるようになり、その戦闘技術はブリュンヒルドの騎士たちでさえも手こずるほどになった。その戦士団ならばキュクロプスを相手に充分に戦えるだろう。

『一番槍はもらった！』

ラーゼ武王国の第二王子、ザンベルト・ガル・ラーゼが駆る黒騎士が、その発言通り、手にした槍で目の前のキュクロプスを串刺しにする。

かつて武神である望月武流に挑み、その鼻っ柱を散々へし折られた少年である。

ザンベルトの槍を深々と腹に受けたキュクロプスであったが、それでも動きを止めず、手にした戦棍を振り下ろそうとする。

『沈めえっ！』

槍を手放したザンベルトの黒騎士が、刺した横っ腹をその拳で殴りつける。

グシャッ！　と腹部の装甲が歪み、キュクロプスはバランスを崩して倒れた。

『やっぱり殴ったほうが速いな！』

ザンベルトが乗る黒騎士の両拳には、晶材で作られた簡易的な武器が握られていた。

四つの指に嵌めて使う、打撃を強化する武器、ナックルダスターである。

どうにもラーゼ武王国の者は素手で戦うことを好み、エルゼのゲルヒルデのような装備を希望した。それに対して冬夜が出した結論がこの追加装備である。

握って殴る。ただそれだけの武器だ。もちろん攻撃力を強化するために、四つの輪には鋭い鋲が取り付けられていて、ある意味凶悪な武器であった。

敵を倒し、浮かれるザンベルトの黒騎士に、不意打ち気味に横から別のキュクロプスが戦棍を振り下ろす。

「しまっ……！」

ザンベルトが腕を犠牲にしてそれを防ごうとするが、それよりも先に、ガキャッ！といういうひしゃげるような音がして、襲いかかってきたキュクロプスが派手に吹っ飛んでいった。

『なに気ぃ抜いてんのよ。目の前だけじゃなくもっと周りを見なさい！』

「姉御！」

そこに立つ赤い専用機にザンベルトが喜びの声を上げる。キュクロプスをぶっ飛ばしたのはエルゼの駆るゲルヒルデだ。

武流にぶちのめされてから、彼はエンデとエルゼを兄貴、姉御と呼ぶ。武流の弟子である二人に敬意を込めて、とのことだが、呼ばれる方はたまったものではない。

その呼び方はやめろと言ってもやめず、結局最終的に二人は諦めた。

『止まってないで動きなさい！　自分と味方の動きも把握して！』

「お、おう！」

エルゼの声に、ザンベルトがキュクロプスへ向けてその拳を構える。

ゲルヒルデのカメラアイが敵後方にいる巨大なキュクロプスを見上げた。

『あたしたちはあのデカブツをなんとかしないとね』

『エルゼおかーさん、あたしも戦いたい！』

『後でね！』

群がるキュクロプスを殴りながら、エルゼは後部座席でつまらなそうな声を上げるリンネに答える。

エルゼの娘であるエルナがリンゼのヘルムヴィーゲに乗り、リンゼの娘であるリンネがエルゼのゲルヒルデに乗る。

なんとなくフレームギアで戦う際にはそんな決め事ができてしまった。

エルゼとしては自分に何かあった場合、エルナではゲルヒルデを使いこなすのは難しく、その方がいいと判断している。

リンネの格闘センスは間違いなく自分寄りだし、エルナの状況判断力は妹リンゼ似だろう。

娘エルナを猫可愛がりするエルゼだが、リンネも可愛い娘には違いないので問題はない。

『さて、と。それじゃいきますか』

エルゼがゲルヒルデの両拳をガンガンと打ち鳴らし、襲いくるキュクロプスへ向けて弾けるように駆け出した。

◇　◇　◇

『粉・砕ッ！』

エルゼの駆るゲルヒルデが突き出した腕から、晶材製の杭が飛び出し、目の前のキュクロプスの胸を穿つ。

その破壊力に胸部を貫かれた単眼のゴレムは一撃でその場に沈んだ。

背後からもう一機のキュクロプスが戦棍を横薙ぎに振るうが、ゲルヒルデはその場にしゃがみ込むように沈んで躱し、伸ばした右足を草刈り鎌のように後方へ回転させ、相手の足を薙ぎ払う。

後掃腿（こうそうたい）と呼ばれる技をフレームギアで容易（たやす）くこなしてしまうエルゼを、そのすぐ後方にいたルーは呆れたような目で見ていた。

「なんというか、いきいきしてますわね……」

「エルゼお母様ですもの。当然ですわ」

仮にも戦場だというのに、楽しげに敵を粉砕（ふんさい）していくゲルヒルデを見ながらルーがそんなことをつぶやくと、後部座席に座る娘アーシアから、なにを今さら、といった返しが飛んできた。

そんな会話をしながらも、ルーの操（あやつ）るヴァルトラウテはキュクロプスたちの攻撃をひらりひらりと躱していく。

背中に装備された『B（ブースター）』ユニットにより、ヴァルトラウテの機動力は専用機（ヴァルキュリア）一の速さを誇る。正確に言えば速さだけで言うと、空を飛ぶリンゼのヘルムヴィーゲの方が速いのだが……まあ、地上ではヴァルトラウテの方が速い。

その素早（すばや）さで接近したヴァルトラウテが、正面に立つキュクロプスへ向けて、両手に持った晶材製の双剣（そうけん）を左右同時に振り下ろす。

「三枚に下ろしてさしあげますわ！」

両肩口から腰部（ようぶ）まで切り裂かれたキュクロプスが三つに分かれて地面へと落ちる。

そのままもう一機のキュクロプスに瞬時に接近して、左右の晶剣をクロスさせるように相手の胴体を上下真っ二つに斬り裂く。

二つに斬り裂かれたキュクロプスが転がるのを置き去りにして、ヴァルトラウテは次の標的を見つけに加速する。

すると突然、前方にいたキュクロプスが蜂の巣になって倒れるのが見えた。

キュオン！　と低空飛行でリンゼの乗る飛行形態のヘルムヴィーゲがヴァルトラウテの横を飛んでいく。

低空飛行状態のまま、瞬時にして機体が変形し、フレームギアの姿になる。

右手に持った二連装ライフルが火を噴き、転移魔法による無限装填と魔力による晶弾砲撃で、周囲のキュクロプスが次々と粉々になっていった。

ひとしきり周囲のキュクロプスを倒したヘルムヴィーゲは再び飛行形態へと変形し、行き掛けの駄賃とばかりに、その両翼に仕込まれた翼部ブレードで二機のキュクロプスを斬り裂いてから上昇していった。

「なんというか、容赦ないですわね……」

「リンゼお母様ですもの。当然ですわ」

またもアーシアから、なにを今さら、といった返しが飛んできた。

アーシアら子供たちの中で、怒ったときに一番怖いのはぶっちぎりでリンゼであった。怒鳴るとか叱るとかそういう怖さではなく、笑顔で懇々と言い聞かせてくるのだ。そこに容赦はない。

なにがダメで、なにが悪かったのか。どうしてそうしたのか、こうなると予想できなかったのか。以前の反省をなぜ活かせなかったのか、どれだけ周囲に迷惑をかけたのか……と、細かなところまで責めてくる。

ひたすら謝っても、本当に理解したのか、反省したのか、同じことを繰り返さないために、どんな対策をするのか……と、話が終わらない。

リンゼが怒ることは滅多にないが、一度本気で怒られた子供たちは、二度と怒らせないようにと固く心に誓う。

実を言うとアーシアも一度怒られたことがあり、そのときに二度とこんな目にあうのはゴメンだと深く反省したのである。

「お母様、右から一機来ますわ」

「了解」

アーシアの指示に従い、ルーがヴァルトラウテを右に旋回させる。と、同時に左手に持った剣を遠心力を込めて振り回し、キュクロプスの脇腹にドカリと食らわせた。

「えっ？」

ルーの表情が驚きに染められる。

腹部中程まで食らい込んだ剣を、キュクロプスががっしりと両腕で掴んだのだ。

いや、両腕で掴まれたため、中程までしか斬り裂けなかったというのが正しいか。

初めてのことに一瞬反応が遅れる。そのタイミングを狙ったかのように、横からもう一機のキュクロプスが槍でヴァルトラウテを串刺しにしようと突いてくる。

「くっ！」

ルーは食い込んでいた晶剣を手放し、繰り出された槍を横に躱した。しかし移動した先に、待ち受けていたように戦棍を振りかぶる三機めのキュクロプスの姿が。

これは躱せない、と、ルーがヴァルトラウテの左手を盾にしようとした時、戦棍を持ったキュクロプスの頭が突如粉々に砕け散った。

『大丈夫ですか、ルーさん』

「ユミナさん！　ナイスタイミングですわ！」

ユミナの乗るブリュンヒルデからの援護射撃に、ルーが気力を取り戻す。背中のブースターを全開にし、その勢いのままに槍を持つキュクロプスの胸をその晶剣で貫いた。

すぐに反転し、腹を半分切り裂かれて晶剣を刺したままになっていたキュクロプスに狙いを定める。ヴァルトラウテは手にした晶剣を裂かれた腹の反対側に叩き込み、相手を上下真っ二つに斬り裂いた。

「ふう……。危なかったですわ」

危機を回避したルーが安堵の息を漏らす。今のは危なかった。ユミナからの援護射撃がなければ、腕を一本犠牲にしていたかもしれない。

『気をつけて下さい。今までのキュクロプスとは違って数機で連携をとってきます。それも自分の身を犠牲にするのを躊躇わない連携を。決して捕まらないように。しがみつかれたらしがみついた味方ごと潰しにきますよ』

「わかりましたわ」

ユミナの言う通り、向こうも自分たちと同じように連携プレーで攻めてくる。しかもなりふり構わないやつをだ。気をつけなければ。

ルーは落ちた片方の双剣を拾い、改めて気合を入れ直した。

「クールダウン完了。再起動するわ」

【一斉射撃】後のオーバーヒート状態から復帰したリーンのグリムゲルデが立ち上がる。

すぐにホバー移動しながら、右腕のガトリング砲をキュクロプスたちへと向けて乱射し始めた。

基本的にグリムゲルデの砲撃は味方がいると撃つことができない。巻き添えにしてしまうからだ。

だが、相手が馬鹿でかいならばそれはあまり問題はなくなる。グリムゲルデは戦場に立つ、胸に一つ目の巨大キュクロプスへ向けて爆走を開始した。

走りながら巨大キュクロプスの上半身へ向けてガトリング砲を連射する。

巨大キュクロプスは避けることもなくその晶弾の雨を受けていた。

「なんて硬さ……！　全く効いてないってわけじゃなさそうだけど……」

望遠モニターで見る限り、外装の表面が少しは欠けているようだが、決定打にはならない。

「かなり強力な硬化魔法を施されているようです。一点集中すれば砕けないこともないと思いますけど……」

「どれだけ時間がかかるかって話ね……！」

クーンの提案をやんわりと却下（きゃっか）するリーン。できないことはないだろうが、さすがにそれは時間がかかりすぎる。ならば……！

リーンが思いついた手を行動に移そうとした時、巨大キュクロプスの胸部が変形を始めた。

ガチャガチャと胸部のパーツが動き、目玉を模した中心部分が、カメラのレンズのように回転しながら伸びていく。

やがて、バチリッ！　と稲妻（いなずま）のようなスパークを見せて、眼の中心部分……瞳（ひとみ）の前に光の球が現れた。

バチリ、バチリと音を立てながら光の球が大きくなっていく。

「……っ⁉　ユミナお母様！　総員退避（たいひ）ですわ！　巨大キュクロプスの前からみんな避難（ひなん）を！」

『総員退避！　巨大キュクロプスの正面から避難を！　急いで下さい！』

何かに気づいたクーンの叫（さけ）びに、通信先のユミナがすぐに従う。

反応したフレームギアたちが戦闘をやめ、巨大キュクロプスの前方から一斉（いっせい）に蜘蛛（くも）の子を散らすように退避した。

次の瞬間、キュバッ！　という轟音とともに、巨大なレーザーのようなものが巨大キュクロプスから真っ正面に放たれた。

地面を抉りながら突き進んだ光の矢は、その先にあった山脈へと突き刺さる。

「今のは……上級種の荷電粒子砲……？」

リーンがかつて対戦したフレイズの上級種による攻撃を思い出す。

正確には上級種のアレは荷電粒子砲ではないのだが、夫である冬夜がなんとなくそう呼んでいたため、いつしか固有名詞になってしまった。

『シェスカさん、被害報告を！』

『避難が間に合わなかっタ十四機がキュクロプスもろとも巻き込まレましシタ。でスが、搭乗者は転移システムにより本陣に脱出しテおり、全員無事でス』

焦るユミナの声に、空のバビロンから戦場を監視しているシェスカがそう答えると、リーンはホッと胸を撫で下ろした。

機体の異常を感じたことにより、刹那のタイミングで脱出機能が働いたようだ。

おそらくかなりギリギリであったと思われる。搭乗者自身が回避不能と判断し、フレームギアに搭載された思考補助システムが独自に判断、搭乗者を強制転移したのだろう。

巨大キュクロプスの胸部から伸びたパーツがもとに戻っていく。どうやら連発はできないらしい。そこらへんも上級種に似ている、とリーンは思った。

味方ごと巻き込んでの攻撃。仲間意識などない、いやそれ以前に、生者でないからこその容赦の無さか。

「どっちにしろあのデカブツは倒さないといけないわね……。リンゼ！　こっちに降りてきてもらえる？」

『え？　あ、はい！』

リーンの要望にすぐさまリンゼが文字通り飛んできて、フレームギア状態へと変形する。

「シェスカ、『ブリューナク』の転送をお願い」

『了解。『ブリューナク』、転送しまス』

シェスカの声とともに、リーンたちの前に巨大な大砲がバビロンから転送される。

砲身から地面へのアンカーが打ち出され、その場に大砲が固定された。

フレームギアの三倍はある砲身が、巨大キュクロプスへと向けられる。

ブリューナクを挟むようにして、その砲身をリーンのグリムゲルデ、リンゼのヘルムヴィーゲが支える。

「こっ、これは巨大魔砲『ブリューナク』！　対上級種戦用の最終兵器にして、莫大な魔力と緻密なコントロールを必要とする、特殊ドリル弾を撃ち出す究極の魔力大砲！　まさかこの時代でお目にかかれるとはっ！　くーっ、感激！　ここに来てよかったですわーっ！」

「解説ありがとう」

『はは……』

テンションが爆上がりのクーンに対して、リーンはクールに返し、リンゼは苦笑するに留めた。

どうやらクーンはブリューナクを知ってはいるが、見たことはなかったようだ。未来の世界では無用の長物となっているのだろう。

王妃たちの中で、一、二の魔力量を誇るリーンとリンゼの二人で一発しか撃てない武器など使いどころがないと見える。

だが、この時代ではまだ活用すべき場があるようだ。

『充填率五〇％……六〇％……以前のより、速いですね』

『こんなこともあろうかと！　改良に改良を重ねていたのでありまス！　魔学の進歩は日進月歩！　常に進化しているのでありまスよ！』

リンゼのなにげない感想に、ここぞとばかりにスピーカーから開発者である『工房』の管理人、ロゼッタの声が飛んできた。

ブリューナクは本来、魔力の充填に時間がかかる。

それを改良し、かなりの急速充填が可能になったブリューナクは、あっという間にフルチャージされてしまった。

『充填率一〇〇%、です！』

「いくわよ！　発射ッ！」

「あーっ!?　お母様、私に撃たせて——っ!?」

轟音とともに唸りを上げて、巨大なドリル弾がブリューナクから撃ち出される。

巨大キュクロプスの胸にそれがぶち当たるかと思った瞬間、相手が咄嗟に右へとそれを回避した。

胸部への直撃は逸らすことができたが、動きの遅い機体ゆえ、左肩にドリル弾が突き刺さる。

ギャリリリリリリッ！　という回転音と装甲を削る音を響かせながら、ドリル弾が左肩を抉り取り、繋がっていた左腕が地響きを立てて地面へと落ちた。

「くっ、外したわ……！」

『一発しか撃てないってのが、ブリューナクの弱点です、ね……』

魔力がすっかりからかんになったリーンとリンゼが、結婚指輪に付与された【トランスファー】により魔力を回復させた。

魔力だけ回復しても、肝心のブリューナクはボロボロである。砲身には亀裂が入り、とてももう一発を撃てるような状況ではない。

巨大キュクロプスの胸部パーツが変形を始める。お返しとばかりに先程の荷電粒子砲を放つつもりらしい。

「まずいわ。退避しないと……！」

『問題ナッシンであります！　こんなこともあろうかとぉ！』

退避しようとしたリーンの耳に再びロゼッタの声が響き渡る。

と、同時に、自分たちの構えていたブリューナクの隣に、もう一つのブリューナクが転移されてきた。

『もう一台作っておいたでありますよ！　改良したグリムゲルデとヘルムヴィーゲならもう一発撃てるであります！』

「最高ですわ、ロゼッタさん！　予備を使っておくのは技術者の嗜み！　そこにシビれる！　あこがれるぅー！」

テンションMAXな娘は放っておいて、すぐさまグリムゲルデとヘルムヴィーゲは、新しく転送されたブリューナクから伸びるコードを腰のコネクタに接続、魔力を充填し始め

る。

「間に合うかしら……！」

「大丈夫です、お母様。あれを見て下さい」

クーンが指し示すモニターに映る巨大キュクロプス。

その左胸部。左肩が吹っ飛んだことにより、胸の装甲が歪んでいたのだ。

せり出そうとしている砲身部分が、歪んだ胸のパーツに引っかかって前に出てこない。

巨大キュクロプスは引っかかる胸のパーツを残った右腕で引き剥がしにかかる。メキメキと音を立てて歪んだパーツをさらに変形させ、引きちぎるように胸部から外した。

再び胸部中心の砲身が伸びていく。しかしもうすでに時遅し。

『充填率一〇〇％、です！』

「発射ッ！」

再び轟音とともにドリル弾が発射される。

撃ち出したタイミングでブリューナクの砲身に亀裂が入り、グリムゲルデとヘルムヴィーゲの機能が最低限のシステムのみを残して停止、膝からくずおれる。

ロゼッタは二発目を撃てるとは言ったが、機体が持つとは言っていない。さすがにブリューナク二連発は撃てはしても機体が耐えられなかったのである。

そんな身を犠牲にして放った乾坤一擲の一発は、巨大キュクロプスの伸びていた胸部の砲身に見事命中した。

メキメキと食い込んだドリル弾が高速回転で内部を食い荒らす。さらにドリル弾に付与された【スパイラル】の魔法が暴れ回り、胸部にあっただろうゴレムの心臓ともいうべきGキューブをも粉々に破壊した。

ポッカリと胸に風穴を開けられた巨大キュクロプスが盛大な地響きを上げてその場に倒れていく。

硬化と軽量化の付与魔法が切れたのか、衝撃と自重により、巨大キュクロプスはあっという間にバラバラとなった。

「なんとかなったわね」

「撃ちたかったです……」

後部座席で不満を漏らすクーンに、やれやれ、とリーンはため息をついた。

ぶっ倒れる巨大キュクロプスを横目で確認して、エルゼはニヤリと口の端を上げた。

「エルゼおかーさん、前！」

「っと」

後部座席のリンネの声に、エルゼは視線を正面へと戻す。

目の前のメタリックレッドの機体が、手にした細剣を凄まじいスピードで突いてくる。

並の操縦者であれば蜂の巣になっていたかもしれない。

しかしエルゼの常人離れした動体視力はその剣筋一つ一つを見極め、晶材で作られたゲルヒルデのナックルガードで次から次へと捌いていく、

「ふっ！」

隙をついて飛び出したゲルヒルデの回し蹴りを、メタリックレッドのキュクロプスが後ろへ跳びすさりギリギリで躱した。

『……バロールを倒すとは……！　くそっ、最低でも九妃の何人かを道連れにする作戦が……』

「よかったわね。そんなことになったら、間違いなくアンタは地獄を見たわ。死なせてくれと涙と鼻水を流して懇願するほどのね」

エルゼがそんな軽口を叩くが、もしも自分たちの誰かが死んでいたら、間違いなくそうなったと断言できる。自分たちの夫である彼はそういったことに容赦はしない。

彼の力なら蘇生魔法で生き返ることもおそらくは可能だろう。だが生き返ったとしても、自分たちを殺した相手を赦すわけがない。完膚なきまでに心を折り、地獄を見せるだろうと確信できる。

たとえ相手がすでに死人である邪神の使徒だとしても、魂を磨り潰すように苦痛と恐怖を与えると思う。

エルゼはそれを否定しない。なぜなら自分も家族の誰かを殺されたらそれをすると思うから。

そして、そんなことをしようとした目の前の馬鹿を赦す気はさらさらなかった。

「【ブースト】！」

ゲルヒルデの多層装甲から赤い魔力の残滓が溢れ出る。燐光を纏ったゲルヒルデがその爆発的な瞬発力で大地を蹴った。

一瞬にして敵との距離を縮めたゲルヒルデの拳が、輝きを放ちながら大きく振りかぶられた。

『ツ、速っ……!?』

「とりあえず吹っ飛びなさいな」

晶材製のナックルガードがキュクロプスのボディに炸裂する。

メタリックレッドの機体にバキリと亀裂が入った。もちろんこれで終わりではない。

「かーらーのー！」

「粉・砕っ！」

エルゼとリンネの声に合わせて、ゲルヒルデの腕部に装備されたパイルバンカーが、轟音と共に打ち出される。

バキャリッ！　と鈍い音を立てて、キュクロプスの腹から背中へと打ち出された杭が飛び出した。

そのまま振り抜かれた拳によって、メタリックレッドの機体がバウンドしながら地面に叩きつけられていく。

「神器も無いし、あたしたちじゃ邪神の使徒を直に相手はできないから、これで逃げ帰ってもらえるとありがたいんだけど……」

「まだ来るなら私がやっつけるよ！」

無邪気にそう口にする後部座席のリンネにエルゼは苦笑いを浮かべる。

確かに神の眷属であるエルゼは邪神の使徒を倒すわけにはいかないが、守ることは問題ない。いや、問題ないことはないのだが、微妙なグレーゾーンではある。己の身を守るためのやむを得ない攻撃、いわゆる『正当防衛』が成り立つかどうか。

エルゼの中では『向こうから先に手を出してきた』という言い訳が浮かんでいたが、果たして……。

とりあえず神様たちが飛んで来ないところを見ると、お目溢しをされたと思われる。

リンネなら邪神の使徒を倒しても問題ないのだが、あいにくと神器は作戦遂行中の冬夜たちのもとにある。

邪神の使徒を痛めつけることはできても、本当の意味で消滅させるのは難しいだろう。

「あっ」

リンネの声にエルゼは正面のモニターに視線を戻した。

そこには腹に風穴を開けられたメタリックレッドの機体が、幽鬼のように立ち上がっているところが映し出されていた。

エルゼは腹ではなくおそらくはGキューブがあるだろう胸を狙うべきだったと小さく舌打ちをする。

ふと、相手が持つメタリックレッドの細剣が、ぼんやりと赤い光を明滅させていることに気付いた。

その不気味な脈動はだんだんと速くなっていく。やがて真っ赤な光を纏った細剣から、避けようもない凄まじいほどの爆炎がゲルヒルデへ向けて放たれた。

『【スターダストシェル】！』

爆炎に飲み込まれそうになったエルゼのゲルヒルデの前に、小さな光る星形の盾が規則正しく並び、大きな盾の形を成す。

爆炎は小さな星の盾に阻まれてゲルヒルデまで届かずに消滅した。

『危なかったのう』

「ありがと！　スゥ！」

ゲルヒルデの背後にスゥの乗るオルトリンデ・オーバーロードが立っていた。もう少し【スターダストシェル】を放つのが遅ければ、ゲルヒルデは爆炎に巻き込まれていただろう。

『ちっ……！　バロールが使い物にならぬなら、これ以上は無理か……』

メタリックレッドのキュクロプスがじりじりと後ろへ下り、代わりにその周囲にいたキュクロプスが前に出てくる。どうやら撤退を決め込んだようだ。

エルゼたちとしては逃したくはないが、アレを倒したところで、乗っている邪神の使徒に対する神器がない。

今回は見逃すしかないか、とエルゼが口惜しく思ったとき、頭上の空がグニャリと歪んだ。

渦(うず)を巻くように歪んだ空間にポッカリとした穴が開き、そこから金色のなにかが飛び出してくる。

「アレは……!? ゴールド? いや、違う……！」

エルゼが飛び出してきた金色のゴレムをモニターに捉える。

ゴールドと瓜二(うりふた)つではあったが、その小さな黄金のゴレムは、背中に鳥の羽根のような金属の翼を背負い、赤い眼(カメラアイ)でこちらを悠然(ゆうぜん)と睥睨(へいげい)していた。

『ゴルド……？』

メタリックレッドの機体から訝(いぶか)しげな声が漏れる。それを無視したゴルドの黄金の翼から、無数の羽根が戦場へと打ち出された……。

◇　◇　◇

話は少し遡(さかのぼ)る。

【プリズン】の中で、八雲が潜水服(せんすいふく)の邪神の使徒を神器で消滅させた。

これで僕(ぼく)らの目的の最低限は達成したと言える。ここで残りの邪神の使徒も片付けられれば万々歳(ばんばんざい)なのだが。

そしてこのゴルドとかいう『金』の王冠(おうかん)を……?　……なんだ?

対戦していたゴルドが宙に浮いたまま八雲の方を凝視(ぎょうし)している。さすがに邪神の使徒を倒されて、驚(おどろ)いている……という感じではないな。

『【変化(フェアエンデルング)】』

突然ゴルドの右手装甲がまたもアイスピックのような形へと変形する。マズい!　あの槍(やり)は……!

『【突槍(ランツェ)】』

ゴルドが飛び、黄金のアイスピックを八雲がいる【プリズン】へと突き立てた。高い金属音のような音とともに【プリズン】にヒビが入り、木っ端微塵(こっぱみじん)に砕け散る。

「!?」

「八雲!」

【プリズン】が砕かれ、突如(とつじょ)飛び込んできたゴルドに八雲がその場から飛び退(の)く。

『【変化(フェアエンデルング)】【長剣(シュヴェルト)】』

アイスピックのような槍を剣の形に変えて、逃げる八雲に斬りかかるゴルド。

八雲が手にした神刀でその黄金の剣を受け止める。

二つの刃(やいば)がぶつかり、ゴルドの剣は真ん中ほどまで神刀に食(く)い込まれた。

『喰らエ。【暴食(グラトニー)】』

「な……！」

ゴルドの剣がまるで生き物のように八雲の神刀に巻きつくと、神刀からプラチナ色の輝きが薄(うす)れていく。

なんだ？　神器から神気が奪(うば)われている？　あれもグラトニースライムの能力か⁉　いや、あれは……！

『ム』

突然、神刀に絡(から)みついていた黄金の触手(しょくしゅ)にピキリとヒビが入る。そしてそのまま砂のようにサラサラと崩(くず)れてしまった。

ゴルドが後ろへと飛び退がる。

『【侵蝕(しんしょく)】ガ阻マレタ……？　だガ、コレは……⁉　なんとイウ膨大(ぼうだい)なエネルギー……！

この力が有レば……！』

「【侵蝕】だと……？」

こいつ、やっぱり……！

崩れた右手の装甲が元に戻っていく。その手を握ったり閉じたりしながら、ゴルドの目に愉悦のような感情が浮かんだような気がした。

「お前……誰だ？　……もしかして『侵蝕神』なのか……？」

明らかに変異を見せるゴルドに僕が誰何する。

神界から逃げた『侵蝕神』の分体。それが『金』の王冠であるゴルドに取り憑き、Qクリスタルを乗っ取ったのか……？

『我は「金」の王冠にシテ、王冠を統ベル者。かつテの名をクロム・ランシェス。クラウンズ・ハイマスター』

「な……!?」

クロム・ランシェス!?　『王冠』を作り上げた古代の天才ゴレム技師!?　どういうことだ!?

『コレデ我が願イは叶う。十全に『金』の力を引き出せヨウ』

クロム・ランシェスと名乗ったゴルドは、その小さな右手を前へと向けた。

『【空間歪曲】』

グニャリ、とゴルドの前の景色が歪む。その手を中心にして、周りの空間が渦のように歪み始め、ポッカリと穴が空いた。これは……!?

ゴルドがその穴に飛び込むと、すぐに空間の歪みが元通りに戻ってしまう。元通りになったその場には、すでに黄金のゴレムの姿はなかった。

今のは……『青』の王冠、ディストーション・ブラウの王冠能力（クラウンスキル）、【空間歪曲】か……?

ひょっとして羽根を巻き戻した能力は『黒』の王冠、クロノス・ノワールの時空操作……やはりあいつは王冠能力（クラウンスキル）を使える……? それも違（ちが）う複数の系統のを? くそっ、いったいどうなっている!?

「つらあっ!」

ふいに、ドゴン! と何かを叩き潰すような音がして、振（ふ）り向くと、フレイと戦っていた鉄仮面の女が、正面モニターへ向けてメタリックオレンジの戦棍（メイス）を叩きつけていた。

モニターはメキャリと大きくひしゃげてしまっている。

邪神器の力か? 神気無効化が効いていない……神器から神気を奪われたからか!? 神気無効化を発動するエネルギーがないんだ!

ヒビ割れたモニターに映っていた海底の映像が消え、亀裂（きれつ）からプシッ、と勢いよく水が噴き出してきた。

水圧のためか、レーザーもかくやといった勢いで艦橋（ブリッジ）に水が入ってくる。

「なにを……!?」

「まさかこいつを押（お）すことになるとはね！」

鉄仮面の女が、コンソールにあったガラスのような蓋（ふた）をぶち破り、そこにあったボタンを思いっきり戦棍（メイス）で叩く。

次の瞬間（しゅんかん）、船内が真っ赤な光で点滅（てんめつ）を繰り返し、ビーッ、ビーッと警報音が鳴り響いた。

おい、これってまさか……？

『自爆（じばく）シークエンス起動。警告。これより一分後、「方舟（アーク）」の魔導リアクターを臨界点まで上昇、船を自壊（じかい）させます。カウントダウン開始。59、58……』

「自爆装置……っ！　くそっ、ゼノアスにあったクロム・ランシェスの研究所と同じかよ!?」

どうして開発者ってやつはこう、自分の作った物に自爆システムを付けたがるかな!?

「父上！　脱出を！」

「【ゲート】！」

八雲が神器を解除し、僕がヴァールアルブスまでの【ゲート】を開く。まずは安全確認のために八重が飛び込み、次に子供たちを先に逃がす。その後にヒルダが飛び込んで、後は僕とゴールドだけとなった。

ゴールドはゴルドが消えた空中を睨み、佇んでいたが、僕が声をかけると素直に【ゲート】の中に入った。

最後に僕が脱出しようとした時、黄金の鳥ゴレムが突き破ってきた通路に、二人の邪神の使徒が消えていくのを見た。おそらく脱出艇みたいなものがどこかにあるのだろう。あるいは残してあるキュクロプスとかか？

バゴン！　と音がしてモニターだったものの一部が壊れ、さらに水が噴き出してきた。

ヤバい！　もう持たない！

僕は【ゲート】をくぐり、ヴァールアルブスの艦橋へと転移する。

「アルブス、すぐにこの海域から脱出！　全速力で『方舟』から離れろ！」

『了解』

白い鯨戦艦が方向を変え、かつてないスピードで海底を突き進む。

すぐに後方から一瞬の閃光と大きな衝撃波がやってきた。海水を伝わった爆音とともに、『方舟』を監視していた探査球のモニターが真っ黒になる。おそらく爆発に巻き込まれたのだろう。

別の探査球を『方舟（アーク）』のいた海域へと向かわせる。

『「方舟（アーク）」ノ消滅ヲ確認。幾（いく）ツカノ残骸（ざんがい）ガ見エル。回収ヲ望ムカ？』

「そうだな……」

重要な部分は木っ端微塵だろうけど、残ったものから何かがわかるかもしれない。回収しとくにこしたことはない……。

「お父様！　あれ！」

フレイの声に彼女（かのじょ）が指し示すモニターに視線を向ける。

それは別カメラで映されていた、ラーゼ武王国の海岸で戦っているユミナたちの映像であった。

そこに映っていたのは『金』の王冠であるゴルド……いや、クロム・ランシェスと言うのが正しいのか、はわからないが、とにかくそのゴルドが戦場にいた。

【空間歪曲】を使ってラーゼの戦場に転移したのか。

やはりあいつは王冠能力（クラウンスキル）を使える。それも代償（だいしょう）も無しに。いや、グラトニースライムの一部という代償はあるのだが、それでも他の王冠に比べれば遥（はる）かに燃費がいいのだ。

さらに言うなら、分体となった『侵蝕神』を取り込み、僕の神気というエネルギーまで奪いやがった。

なかなかにマズい状況になりつつあるのは馬鹿でもわかる。

「父上、あれは……！」

「なんだ？　おい、まさか……キュクロプスを食ってる……？」

ゴルドが翼の羽根をキュクロプスに飛ばして突き立て、スライム状になった羽根がそのキュクロプスを取り込んでいた。

壊れたキュクロプスも動いているキュクロプスもお構い無しだ。

フレームギアに攻撃するならわかる。でもなんだって味方のキュクロプスを？

……ひょっとして邪神の神気か？　僕の神気だけに留まらず、邪神のものまでその身にさらに取り込もうというのか？　そこまでしていったいなにをする気なんだ、こいつは？

「旦那様、ここで見ていても仕方がないでござる。我らも戦場へ！」

「そ、そうだね。わかった。【テレポート】！」

八重の言葉に、僕はみんなを連れて【テレポート】で一気にラーゼの海岸へと転移する。

僕らが転移したそのタイミングで、食事を終えたグラトニースライムの羽根がゴルドへと回収されていた。無数の黄金の羽根がゴルドへと飛んでいく。

その場に残されたのはメタリックレッドの機体のみ。あれは邪神の使徒の機体か？

『ゴルド……？　一体なにを……？』

『計画は最終段階に達しタ。手伝ってもらウぞ、スカーレット……いヤ、マエストロ』

『……！　ふっ、ふふ。良かろう、クロム・ランシェス。約束通り君の手足となろうではないか。そのかわり……』

『ワかっテいル』

『ならば良い』

ゴルドが右手を翳すと、再び【空間歪曲】の歪みが起こり、ゴルドとメタリックレッドの機体が空間の穴に飲み込まれていく。

後に残ったのはキュクロプスを除いた半魚人やゴレム兵のみ。

いろいろと考えることが山積みだが、とりあえず目の前のことを片付けよう。

スマホを取り出してユミナへと繋ぐ。

「掃討戦を開始。海に逃げるやつも海騎兵で逃さないように」

『了解しました。あのっ、久遠は無事ですか？』

ユミナの質問に僕は無言で久遠にスマホを向ける。

「無事ですよ、母上」

『よかった……』

過保護だなぁ、と思わんでもないが、僕も似たようなものか。

それにしても……ゴルドがクロム・ランシェスってのはどういうことだ？　てっきり侵蝕神が乗り移っているものかと……。

さすがの神も、いや、元・神か。元・神も本体が消された上の分体では、意識を保てなかったのか。

どうも【侵蝕】の力だけが取り込まれているっぽいな。さらに言うならグラトニースライムとの相性が良すぎる。どんなものにも侵蝕する力と、どんなものでも吸収して取り込む力。

さすがに神器は取り込むことはできなかったようだが、そのエネルギー源である僕の神気を奪われてしまった。

これってアレだな、魔工王のジジイに、魔力を抜かれた時と同じだ。

以前博士にも言われたが、僕の膨大な魔力は開発者としてはとてもありがたいものらしいからな。主に実験や開発による消費魔力を気にしないでもいいという意味でだが。

ブリュンヒルドの発展の速さもフレームギアの新型開発の速さもこの魔力や神力があってのものだ。

それだけに敵側に利用されるとかなり痛い。特に神器は時間をかけて圧縮に圧縮をかけた神気の塊だ。

そこからどれだけの神気が抜かれたのかわからないが、地上で使うには充分すぎるエネルギーだろう。

「マズったなぁ……。神気があるから【侵蝕】はされないと完全に油断してた……。グラトニースライムの吸収能力の方は全くの無対策だった……」

物だけじゃなく、エネルギー的なものも食うんだな、アレ……。

よく考えてみれば、もともとグラトニースライムは古代魔学時代の危険物を処理するために作られた魔物だ。

魔法や魔道具が今よりも地球の家電製品並みに使われていた時代だ。そりゃ残存魔力も吸収できる方がいいに決まってるよなぁ……。

まぁ、そのせいで開発した国は滅びたんだから笑えないけどさ。

「過ぎたことを悩んでも仕方がありません。とりあえず目の前のことから片付けていきましょう」

うおう……六歳児の慰めが突き刺さるわぁ……。

しかし久遠の言うこともももっともである。

過ぎたことをあれこれ考えるよりも、これからどうするか、だな。

「あ、そうだ、シルヴァー。お前から見てあの『金』の王冠……ゴルドはどうだった？

本当にクロム・ランシェス本人なのか？」

この場でクロム・ランシェスを知る唯一の存在である、久遠の腰にある『銀』の王冠・シルヴァーに話を向ける。

『……正直言ってわかりやせんね。話し方はクロムの野郎と似ちゃあいましたが、それだけじゃ判断できねぇってのが本音です。そもそも、アレがクロムってぇのは、どういうことなのか……クロムの幽霊が乗り移ったとでも言うんですかい？』

「うーん、Ｑクリスタルの代わりにクロム・ランシェスの脳みそが入っているとか……」

『怖っ』

シルヴァーが引いているが、魔工王のジジイっていう前例があるからさぁ……。可能性としてはなくはないんだよ。

それにうちのバビロン博士も、似たようなことしてるしな……。

僕はちらりともう一機の『金』の王冠である、ゴールドに視線を向ける。

ゴールドの存在をゴルドは知らなかった……と思われる。

ゴルド＝クロム・ランシェスであるならば、ゴールドはクロムが作ったものではない、ということだ。

では誰が作ったのか。ここまでそっくりな機体を作るなんて、それなりの技術者によるものだろう。

やはりゴルドとゴールドは全く別の機体なのか？

クロム・ランシェスの脳を移植したゴルドと、Ｑクリスタルを搭載したゴレムのゴールド。

わからんなあ。わからん。

『クロムの野郎が乗り移ったというよりは、あいつの人格をコピーしたって方が、あっしにはしっくりくるんスけどね』

「……ちょっとまて。人格をコピー？　そんな技術も持ってたのか？　クロム・ランシェスってのは？」

『そりゃあ……あっしみたいに使い手によってその都度人格を形成するようなゴレムを作っちまったわけですし……。自分の人格を移植するくらいできるでがしょ？』

言われてみれば。

ゴレムってのはそれなりに性格がある。それは長い間学習した記憶の積み重ねが生み出すもので、『王冠』もそれは同じはずだ。

だけど目の前の『銀』の王冠であるシルヴァーは、久遠から聞いた話だと、初めは殺人鬼さながらの性格をしていたという。久遠が契約してこんな下っ端みたいな性格になったらしい。

　だとすると、クロム・ランシェスはゴレムに一定の変化する人格を植え付けることができたわけだ。

『金』の王冠に、自分の人格を植え付けることだってできただろう。

「つまり、そういうこと、なのか？」

　デジタルクローン、だったか。その人間の思考、性格パターン、様々な情報を取り込み、デジタル化された複製の人格を作る、という技術。

　これによりたとえ亡くなった人物でも、その考えを知ることができるという……ある意味での不老不死の研究だ。

　それと同じようなことがゴルドに施されていたとしたら、それはクロム・ランシェス本人と言っても間違いではないのか？　いや、本人はすでに死んでいるのだから、亡霊とも言えるな。

「ちょっと思い出したのですが……ステフが消してしまった、ゴールドにあった謎の大きな容量データというのは、ひょっとしてクロム・ランシェスの人格だったのではないでしょうか？」

「あ！　そうか、その可能性もあるか……！」

久遠の言葉にハッとする。そうだ、それならばゴルドとゴールドはまったく同じ機体だという説も成り立つ。

え、じゃあなにか？　うちの娘が間違ってゴールドを初期化してなかったら、クロム・ランシェスの人格を持つ『金』の王冠が二機現れていたってことか？　うちの娘、大手柄じゃない？　災いを事前に防ぐなんて天才では……！

『坊っちゃん。親父さん、時々おかしな時がありやすね……』

「あれで通常運転です。気にせず慣れることですね」

なんか釈然としない会話が目の前でされているが、まあ今は気にしないでおこう。

しかし、なぜクロム・ランシェスは『金』の王冠に自分の人格を移植なんかしたんだろうか。

疑似的な永遠の命を欲したってことだろうか。

いや、アルブスの話によると、『黒』と『白』の暴走により、フレイズを撃退したクロム・ランシェスは『白』の代償として記憶を失い始めたと言ってた。

その記憶を留めるため、か？　記憶を無くし、かつての人格が失われていくことに抗い、自分のコピーを作ることにした……。

記憶を失うということは、今までの自分ではなくなるということだ。自己認識の崩壊、自分が自分であるための基盤の消滅。それはなによりも恐ろしいことだろう。

もしもこの世界に来てからの記憶を失うとしたら、僕はそれに耐えられるだろうか……。

僕は少しばかりクロム・ランシェスという男に同情の気持ちを持った。

第三章 動き出す野心

「結論から言うと、できないことはない、だろうね」

バビロンの『研究所』で、新しいアロマパイプをくゆらせながら博士がそう答えた。

「自分の記憶を取り出して、ゴレムのQクリスタルに移植する、それ自体はそこまで難しいことじゃないから。問題はそれに感情が耐えられるかってことだけど」

「機械の身体になって、自分自身のオリジナルはすでに死んでいる。自分自身の存在意義（アイデンティティー）を保てるかどうかじゃな」

「自分は偽物（にせもの）。それが自分自身でわかっているのはかなり辛（つら）いんじゃないかしら。本来なら自己が崩壊（ほうかい）してもおかしくはないわ」

博士の言葉に教授（プロフェッサー）とエルカ技師も、むむむ、と唸（うな）る。

自分自身が機械（ゴレム）に記憶を転写したということは、その記憶も持っているってことだし、そこは理解しているんだろうけど、そう簡単に割り切れるものかはわからないな。

どう足掻（あが）こうとも、偽物は偽物。自分自身が作られた存在であり、記憶をコピーした人

形でしかないということに耐えられるだろうか。

「じゃがアルブスの話によるとオリジナルのクロム・ランシェスは『白』の王冠の代償で、記憶を失っていったんじゃろ？　ならば完全な記憶を持つそのゴルドこそ、本物のクロム・ランシェスとも言えんかな？」

教授の言うこともわからんでもないけど、いささか暴論な気もする。あいつと五千年前に生きたクロム・ランシェスはやはり別の存在で、あくまでゴルドはその記憶を持っているに過ぎない。

「まさに亡霊だね」

「言い得て妙ね」

亡霊ね。確かにそうとも言えるな。生前の記憶を持った別の肉体。まんま幽霊だ。

「それでゴールドの方にはクロム・ランシェスの記憶はないのか？」

「ないね。やっぱりステフが消してしまった大容量が、クロム・ランシェスの記憶だったんだろう」

やっぱりそうか。事前に災いを防ぐとはさすが我が娘。

「で、結論としてはゴールドとゴルドは同型機？」

「同型機というのは正しくないね。正確には複製機、かな？」

博士が『研究所』のモニターに二つの映像を映し出す。

「右がゴールド。左がゴールドが記録した『方舟(アーク)』でのゴルドの映像だ」

二機のゴレムが左右に映し出されている。全く同じ機体に見えるな。や、マントパーツとか、眼の色とかの違いはあるけど。

「で、こいつを拡大すると……」

画像が拡大され、ボディの首元を大きく映し出す。右も左もまったく同じ映像に見える。

「気が付かないかい？」

「……なにを？　まったく同じにしか見えないけど……」

パーツのラインも色合いも、細かい傷もまったく同じだ。どう見たって同型機としか……。

「……ちょっと待て。細かい傷まで同じなんてあるのか？」

「その通り。徹底的(てっていてき)に調べたところ、同じような部分が何箇所(なんかしょ)かあった。たとえ同型機だったとしても、製造段階でその傷をわざとつけない限りこんなことは起こらないはずなんだ。複製機、と言ったのはそういうことさ」

んん？　ということは製造段階では一機で、そのあと『工房(こうぼう)』の複製機能みたいなものを使って二機に複製した、ということか？

「考えてみてくれ。そもそもフレイズの大侵攻があり、クロム・ランシェスの『黒』と『白』の王冠が暴走、それにより時間と空間がめちゃくちゃになった。このことで『世界の結界』は修復し、フレイズは次元の狭間へと追いやられた」

博士の説明を頷きながら聞く。なにをいまさら。

「そのときにフレイズらと同じく、『金』の王冠も時空を超えて飛ばされたんじゃないかな。実際、ステフは時空の穴からゴールドが落ちてきているのを見ている。さらに言うなら『黒』の暴走はもう一つの、別時間世界の『金』の王冠も呼び出してしまったんじゃないか？」

「あ！　ノワールの時間並列移動の力か!?」

『黒』の王冠、クロノス・ノワール。その能力は時間制御とその並列世界への干渉。

あらゆる時間、並列世界の様々なものを呼び寄せることができる。

その力が影響したとなると……並列世界の『金』の王冠という、まったく同じ存在を呼び出してしまったのか？

そりゃ、傷の位置も同じはずだ。時間は違えど同じ存在なんだからな。傷がまったく同じということは二機にそこまでの時間差はないのだろう。それが過去が未来かはわからないが。

つまりゴルドやゴールドについている細かい傷は、時空を飛ばされた時についたもので、それがそのまま『固定』されているのか。

「だけど『黒』と『白』の暴走の時に巻き込まれたなら、『金』の王冠にはクロムの記憶は移植されてないんじゃ？」

「僕らはクロム・ランシェスが記憶を失い始め、それを留めるためにゴルドに自分の記憶を移植したと思っていたが、ひょっとしてそれより前……記憶を失う前にすでにクロム・ランシェスは自分の記憶を移植していたという可能性はないかな？　『白』の王冠の王冠能力を使った時の『代償』を払うバックアップとして、だ」

「なるほど。『白』の代償を自分の記憶からではなく、移植した『金』の王冠の記憶から払おうとしてたってわけじゃな」

「こすっからい方法だけど、できなくはないわね」

博士の仮説に教授とエルカ技師も賛同する。

……えーっと、なんだかこんがらがってきたぞ……。

「時系列に並べてみよう」

「タスカル」

なんだ？　僕の頭が悪いのか……？

博士がモニターにクロム・ランシェス、及び【王冠】の行動（推測）を並べ始めた。

■五千年前、クロムが裏世界で【王冠】を作る。『赤』、『青』、『白』、『黒』、『緑』、『紫』の六体。

■『黒』と『白』を伴い、裏世界から表世界へ。『黒』の代償で若返る。老人から少年に。ピライスラ連合王国へ。

■魔法を学ぶ。家族を持つ。フレイズ襲来。
なんとか代償を払わず、元の世界へ戻ろうとする。
『銀』と『金』の王冠製作。
『白』の代償対策に『金』に自分の記憶を移植？

■支配種のギラ、クロムの村を襲撃。
妻子殺害される。『黒』と『白』の王冠暴走。

■世界の結界の復元。フレイズたちが世界から消える。妻子殺害は『リセット』される。
『金』の王冠、『黒』の暴走により二機に。
それぞれ五千年後の未来へと飛ばされる。

■クロム、『白』の代償として記憶を失っていく。
『黒』と『白』との契約も『リセット』。

■暴走から四千年後、『黒』と『白』、アーサー・エルネス・ベルファストにより起動。
時空の狭間より現れたフレイズと激戦。
結果、『黒』は裏世界へ飛ばされ、『白』はパレット湖で眠り(ねむ)につく。

■五千年後、『黒』の王冠、エルカ技師により発見。
『白』の王冠、パレット湖より引き上げられる。

■ステフ、ゴールドを発見。クロムの記憶を初期化、消去する。
ゴルド、クロムの記憶を持ったまま起動。活動開始。

「……と、まあ、こんな感じか」

なるほど。並べてみるとわかりやすいな。

しかしこうして見てみると、このクロム・ランシェスってやつが全部の元凶のような気がしてくるな……。

まあ、こいつがいなければ五千年前にフレイズによって世界は終わっていたのだから、救世主とも言えるわけだが……。世界を救いたくて救ったわけじゃないんだろうな、本人は。

さらにここに邪神の使徒やら堕神やらが絡んできて、もっと面倒なことになっているわけだけども。

「それは冬夜君の分野だろ？　僕らに神の相手は荷が重い」

「おっしゃる通りで……」

そうね、そっちは僕がなんとかしないといけないわけよね……。

「で、結局クロム・ランシェスは何をしたいんだ？」

「さあね。自分の世界じゃ飽き足らず、別の世界で魔法を学ぼうとするほどの天才だからね。この世の叡智でも求めてるのかね？」

「究極のゴレムを作り出そうとしている、とか？」

「究極のゴレムのう……」

なんとなくだけど、そういう感じじゃない気がするんだよなぁ……。

あのクロム・ランシェス——ゴルドの目にはもっと深く昏い情念の炎のようなものが感じられた。目的のためには手段を選ばない非情さも。ゴレム相手になにを変なことをと思われるだろうが……。

さっきの博士たちの話じゃないが、自分が作られた偽物と理解し、全てに絶望して世界を道連れに……なんてのは考え過ぎか？

それにあいつは『堕神』の力も持っている。クロム・ランシェス本人の記憶だけじゃなく、侵蝕神の記憶や感情も影響している可能性だってある。

だとすればそれはもうクロム・ランシェスではなく、融合した『別のなにか』だ。

「それにしても……マエストロのやつめが、邪神の使徒になっていたとはの……」

「どうりでキュクロプスに彼の色が見えるはずよね。今までのことが腑に落ちたわ」

ペストマスクの邪神の使徒……確かスカーレット、だったたか。

ゴルドはあいつを『マエストロ』と呼んだ。その名は、かつて五大ゴレム技師マイスターの一人とされた天才ゴレム技師の名前だ。

ここにいる『再生女王(レストアクイーン)』ことエルカ技師、放浪(ほうろう)の『教授(プロフェッサー)』、ゴレム技師集団『探索技師団(シーカーズ)』、そして今は亡き魔工王のジジイと並んで、世界で五指に入るゴレム技師だったという。

「マエストロは偏屈(へんくつ)なやつでの。ほとんど人との交流がなかった。あやつはどこか他人を見下しておったからな。ワシらレベルでやっと会話する価値があると認めるくらいじゃった」

え、それってほとんどの人と会話できないじゃん……。買い物とかどうすんの？　ああ、ゴレムにやらせりゃいいのか……。

「あいつ、性格悪いから私は嫌(きら)いだったけどね。人の作品を鼻で笑うようなやつよ。どうせ『金』の王冠(おうかん)目当てに邪神に心を売ったに違いないわ」

「ワシはそこまで嫌っておったわけではないが、どうにも危(あや)ういとは思っておったよ」

「教授(プロフェッサー)はあの魔工王とも普通(ふつう)に付き合っていたわよね……。友達付き合いは少し考えた方がいいわよ？」

「ほっほっほ。まさか嬢(じょう)ちゃんにそんなことを言われるとはなあ」

どうにもマエストロってやつは、腕(うで)は確かでも性格には問題があったようだ。

僕(ぼく)から言わせれば魔工学者なんてもんは、大なり小なり同じような傾向(けいこう)があると思わざるを得ないんだが。

　目の前にいる三人を見てるとな……。ま、言わぬが花か。

「ひょっとしたら奴ら、マエストロの研究所に逃げ込んだのかもしれんな」

「マエストロの研究所？　それはどこに？」

「トリハラン神帝国じゃな。パパリカ山の麓にある森の中にある。魔獣が多く、本来人が住むようなところではないんじゃがの」

「なんでまたそんなところに……」

「彼奴は人嫌いじゃからな。人が寄り付かない場所の方が落ち着くと言うておったが」

　徹底してるな。そこまで人間不信とは、過去になにかあったのだろうか。誰か信じていた人間に裏切られたとか？

　どっちにしろ、その研究所とやらにも行ってみた方がよさそうだ。

「いくら人間嫌いだからって、人間やめることもないのにね……」

「邪神の使徒とやらになったら、もう人間には戻れないのかの？」

「戻れない。本来ならすでに死んでいるんだ。邪神器の力で肉体と魂を保っているに過ぎないんだよ。邪神器を破壊すれば、肉体も魂も滅びる」

　すでにアンデッドのようなものだからな……。元に戻すのは不可能だ。

「ま、人間をやめたのはボクも同じようなものだから、それについてはなんとも言えないね。話は変わるが、自爆した『方舟』の方だけど、重要な機関や記録媒体は完全に消滅していた。『方舟』とキュクロプスの残骸がいくつか回収できたくらいか。それと――」

モニターに一枚の映像が映し出される。それは魚雷のようなものに片手で掴まり、海中を突き進むキュクロプス二機の姿だった。

メタリックオレンジとメタリックグリーンの機体……間違いなくあの鉄仮面と羽根マスクの邪神の使徒のキュクロプスだろう。やっぱり逃げられたか。

「『方舟』を監視していた探査球の一つから最後に送られてきたものだ。その探査球も『方舟』の自爆により消滅してしまったけどね」

「こいつらはどこへ？」

「方向としてはアイゼンガルドの方だけど、そこに向かったかどうかはわからないな」

アイゼンガルドは相変わらず混沌としていて、訳アリな人間が潜むには申し分ない土地になってきているからな。

ひょっとしてマエストロの研究所以外にも拠点があるのかな？

あいつらだって『方舟』が手に入るまで根無し草だったたってわけじゃないだろうし。

念の為【サーチ】してみたが、やはり邪神の使徒やゴルドはもちろん、キュクロプスも見つからなかった。いちいち隠れるのがうまいやつらだ。

神気を世界全体に及ばせることができれば見つけることもできるんだろうが、今の僕にそこまでの力はない。

っと、神気といえば。

僕は博士たちにフレームギアの修理を任せて、ミスミド王国へと【ゲート】で跳んだ。神器のことを工芸神……クラフトさんに聞くためだ。

相変わらずクラフトさんはのんびりと木彫りの作品を作っていた。作るスピードだけはのんびりとは言えないものだったが。

「なるほど。神気を奪われた、か。確かに神核に込められた君の神気が大きく目減りしているな」

クラフトさんは僕が手渡した神器を矯めつ眇めつ、苦笑気味に答えた。

「まあ、神器自体に問題はない。神気が無くなっただけなら補充してやればいいだけのことさ」

クラフトさんの言葉にホッとする。もう一度作り直せ、なんてことになったら……考えたくもない。

「しかし『侵蝕神』の権能を持った奴に神気を奪われたってのはちょっといただけないか

な。冬夜君の神気を得たことで、【侵蝕】の力を遠慮なく使えるわけだからね。その力を利用することができれば、また邪神を生み出すことも可能かもしれない」

「ですよねー……」

もともと前回の邪神も、従属神が生み出したやつだった。結局はその生み出した邪神に取り込まれ、融合することになってたけどな。

従属神と違い、侵蝕神は一応ちゃんとした神である。『元』がつくが。

その力を使えば邪神を生み出すことも可能なのだろう。

「まあ、だからといってそう簡単に邪神を生み出せるとも思えないが……。生み出されたとしても、それが育つには多くの負のエネルギーが必要だ。怨念とか憎悪、悲嘆や苦痛などがね。それを糧にして邪神は育つ。だから邪神を崇める者たちは世界に災厄をばら撒く。前もそうだったろう？」

ゴルドはやっぱり邪神復活……いや、新たな邪神誕生を目論んでいるのだろうか。

そのためにまた世界に災厄をばら撒こうってんなら見逃すことはできない。必ず潰す。

「邪神の使徒は邪神の眷属でしたから、僕ら神族は手を出せなかったですけど、堕神の力を手に入れた機械人形なら僕らが倒しても問題ないですかね？」

「『邪神』は地上で生まれた存在。だから地上の人間がどうにかしなければならない。もちろんそのままじゃどうしようもないから、神も手助けくらいはするがね。だけど『堕神』は神の世界からの逃亡者。その責任は神にある。従属神がこの世界に逃げ込んだときも、恋愛神が連れ戻すために地上に降りてきただろう？　あれと同じさ」

そういえば花恋姉さんは、地上に降りてしまった従属神を連れ戻すためにこの世界に来たんだっけ。今となっては遊びに来たとしか認識してなかったが……。

まあ、堕神絡みの相手なら神族が倒してしまっても問題ない、のかな？

「ないね。神々の意識としては、邪神は放置、堕神は討伐、という感覚だから。従属神も邪神と融合しなければ、神々がケリをつけていたはずだよ」

あれ？　ということは新たな邪神が誕生して、ゴルドと融合なんぞしたらマズいのでは……。また神族では手を出せなくなってしまうじゃないか……。

あ、でも堕神なら神族も手を出していいってんなら、その前に諸刃姉さんや武流叔父に堕神を倒してもらうってのもアリなのかな？

「アリと言えばアリだが……いいのかい？　それって『自分の管理する世界の問題を、自分で解決できません』って喧伝することになるけど。世界神様の眷属として、ちょっと情けないとは思わないかね？　君のことを快く思っていないごく一部の神々が、『それ見たことか』と騒ぐ姿が目に浮かぶが」

「あー……」

会社の社長・会長の縁故（えんこ）で入社した新入社員が、ろくに仕事もできないって見られたら、そら悪く言われるよなぁ……。

いかんな。どうにも楽しようと、まさに神頼（かみだの）みをしてしまうところだった。

邪神の使徒は久遠（くおん）たちに任せるしかないけれども、堕神の方は僕がなんとかしなくては。

「まあ、堕神とは言っても分体。世界神様の眷属たる君自身が負けることはほぼないと思うけど、被害（ひがい）がどこまで広がるかはわからないし、うまくやることだね」

そうだよなあ。たとえ堕神の力を手に入れたゴルドを倒したからって、そこに至るまでに世界の半分が壊滅（かいめつ）した、なんてことになったら意味がない。

勝てるとしても勝ち方だ。こちらになるべく被害がないようにしないといけない。ただでさえすでに犠牲者（ぎせいしゃ）は何千人と出ているのだから。

『方舟（アーク）』は潰したから、そう簡単にあちこちに襲撃をかけることはできなくなったと思う。キュクロプスが量産されることも無くなった、と思いたいが、工場が『方舟（アーク）』ひとつだけとは思えないんだよな……。

やっぱりマエストロの研究所とやらで、また量産とかしてるのだろうか？　早めに行ってみる必要があるな。

◇　◇　◇

トリハラン神帝国の北方、レファン王国に近いパパリカ山の麓にある森の中にそれは建っていた。

一言で言えば塔(とう)だ。三十メートルはあるか？　オルトリンデ・オーバーロードと同じくらいの高さだから、多分それくらいだと思う。

二階か三階くらいまではティッシュ箱のような長方形の建物だが、左手端(はし)からにょきっと高い塔の部分が飛び出している。灯台みたいだな。

「ここが指揮者(マエストロ)の研究所？　寂しいところね」

「うむ。前に来た時とあまり変わっとらんな」

「なんとも趣味(しゅみ)が悪いね。もうちょっと華美(かび)にできないものかな？」

連れてきたエルカ技師、教授(プロフェッサー)、バビロン博士がそれぞれそんな感想を漏(も)らす。

趣味が悪いってのは概(おおむ)ね同意だ。なんというか寂(さび)れた廃墟(はいきょ)って雰囲気(ふんいき)なんだよな……。

蔦（つた）とか蔓延（はびこ）りまくっているし。

教授（プロフェッサー）が前とあまり変わってないって言うことは、ずっとこんな状態だったってことだろ？　手入れとか掃除（そうじ）とかまったくしてなかったのかね？

「あやつは自分の生活なんぞ、進めている研究や開発に比べたらどうでもよかったからの。大事なのは中身で、ガワなんぞ気にしても意味がないってことなんじゃろ」

それでこの廃塔（はいとう）か。作りはしっかりしてそうだから住むだけなら問題はないんだろうけどさ。

「で、どうする？　突入（とつにゅう）するかい？」

博士がそんなことを言うが、どうしようかね？　ここが敵のアジトなら、もう既（すで）に僕らが来たことは知られているはずなんだけど、先ほどからなんの反応もない。

中で待ち伏（ぶ）せしているって可能性もなくはないけど……。一応【サーチ】で調べてみたが、邪神の使徒の反応はなかった。とりあえず刑事（けいじ）ドラマよろしくドアを蹴破（けやぶ）って突入してみるか。

僕はブリュンヒルドを構え、壁に背を向けながらゆっくりと横のドアへと近づき、勢いをつけて木製のドアを蹴（け）り――やぶった。

「わ、腐（くさ）ってる⁉」

本当にドアを蹴破ってしまった。ドアを蹴破った僕の足だけが向こうに飛び出している。ドアがドアとしての機能を果たしてない。いてて、破ったところが尖ってて痛い。

ケンケンと後ろに跳ねて下がると、蹴破ったところからドアが真っ二つにバキッと割れて内側に倒れた。

「前に来た時も壊れそうな様子じゃったが、やはり修理しとらんかったか」

「そーいうのは早く言ってくれ……」

唯一、ここに訪問経験のある教授の言葉に、僕はゲンナリとする。

ぶっ壊れたドアから中を覗くと、まるで空き家のように何もなかった。

いや、椅子とかテーブルとか、家具類らしきものはいくつかある。だが、中身は何もない。

埃っぽいガランとした部屋を抜けて、教授の案内で研究所だったという場所に行ってはみたが、そこももぬけの殻だった。

「どうやら全部持ち去ったようじゃの」

「なんだい、無駄骨か」

立つ鳥跡を濁さず、じゃないが、見事に何もないな。僕らが来なかったら、誰にも知られることなくこの建物はこのまま森の中で朽ちていっただろう。

一応、塔の方も調べてみたが、いっさいがっさい持ち去られていた。塔の最上階はおそらくマエストロの私室らしく、簡素な机と椅子、そして三つの本棚があるだけだった。

「なんというか……五大マイスターという割には質素な感じがするな……」

「マエストロは仕事を選んでおったからな。金を積まれても嫌な仕事はせんかったし、自分の知識の糧になると思ったら無料でも引き受けた。まあ、性格がアレなんで、大抵の依頼人は追い払われておったが」

こだわりのある職人ってやつか？　こだわり過ぎな気もするが……。

だが、そのこだわりの結果、『金』の王冠という当たりを引いたのだから、本人は満足していたのかもしれない。たとえ人間をやめたとしても……。

「む？」

博士が最上階の部屋にある空っぽの本棚をなにかいろんな角度から見たり押したりしている。なんだ？

「なにしてるんだ？」

「ここ、ちょっと削れてないかい？」

「ん？」

博士が指差したのは本棚の横にある岩壁の部分だ。確かになにか擦ったような跡があるが……。んん？　これって本棚を動かした跡か？

「おかしいと思わなかったかい？　この円形の塔はここまで登るのに角度のキツい階段を登ってきたよね」

「それが？」

この塔は四階建てで、直角に近い階段を一階一階上ってきた。なにかおかしいか？　ゴレム技師ならエレベーターくらいつけろとは思ったが……。

「気が付かなかったかな？　この部屋の大きさと塔の大きさ。部屋の方がかなり狭い。これはどういうことだと思う？」

「え？　壁がすごく厚い……？」

「正解。だけども厚さが二メートル近くあるのは厚過ぎやしないかい？　要塞でもないのに」

そう言われると……。確かに外から見た塔の大きさから比べるとこの部屋って狭いような……。

「ははあ。つまりこの部屋の周囲にぐるりと空間がある、と言いたいんじゃな？」

「外壁と内壁の間に空間がある……？　それってひょっとして……」

教授とエルカ技師がなにかに気がついたようだ。え、どういうこと？　よくわかんないんですが。

「ここだな。ここを押しながら……」

博士が本棚の側面を押すと、ガコッとなにかが外れるような音がして、本棚自体が横にスライドを始めた。

ぽっかりと空いたその中に下り階段が姿を見せた。塔の側面を回るようにぐるりと下る螺旋階段だ。外壁と内壁との間にこんな階段があったのか。

「行くよ」

博士の言葉に全員が頷く。なにがあるのかわからないが、ここで引き返すって選択肢は無い。

【ライト】の魔法で照らしながら階段をぐるぐると下る。すでに一階より地下に下りていると思う。いったい地下になにが……。

階段が終わると、そこは広い倉庫のようなところだった。

「これは……」

そこに置いてあったのは埃を被った三十体ほどのゴレムたち。人型で頭がなく、ずんぐりとしたゴレムが放置されている。

大きさは大人と同じくらいか？　それよりも小さいタイプもいるようだが……。

「マエストロの世話や手伝いをしていたゴレムじゃな。旧型機じゃし、もはや必要ないと置いていったのじゃろう」

「いらなくなったらポイ捨て。私、あいつのそういうところ大っ嫌い」

教授（プロフェッサー）の言葉にエルカ技師が憤慨（ふんがい）する。

まあなあ。長年世話してくれたゴレムをいとも簡単にこう捨ててしまうってのは、本当にゴレムを道具としてしか見てないんだろうな。

ゴレムを相棒（パートナー）と考えるエルカ技師のような開発者からすると許せないんだろう。

地下倉庫をくまなく捜したが、これといったものは見つからなかった。やはり必要なものは既に全部持ち出した後だったようだ。

おそらくはもう二度とここには戻らないつもりだったんだろう。僕はマエストロというゴレム技師の、不退転の覚悟（かくご）をちょっとだけ感じた気がした。

「結局骨折り損のくたびれ儲（もう）け、か」

僕らは残念な結果に終わったマエストロの研究所を後にする。

もう二度と主人が戻ることはない塔が僕には寂しげに見えた……。

◇　◇　◇

「はっ！」

八雲の気合の入った一閃を諸刃姉さんがひらりと躱す。そのまま、すっ、と前に進んで八雲との距離を詰めた。

「ほら、足元がお留守だ」

「あっ!?」

パン！　と小気味いい音を立てて、八雲の足が払われる。

体勢を崩した八雲だったが、なんとか堪えて横に転がり、諸刃姉さんから距離を取る。

諸刃姉さんからの追撃はない。

「【九重真鳴流奥義、蜂刺一突】！」

跳ね起きた八雲が裂帛の突きを放つ。諸刃姉さんは慌てることなく後ろへと距離を取った。

「【ゲート】！」

「む」

八雲の刀の切っ先が小さな【ゲート】に吸い込まれその姿を消す。

その切っ先は後ろへと避けた諸刃姉さんの背中側から現れた。これは避けられない、と観戦している僕らは誰もがそう思った。

「よっ」

「え？」

まるで孫の手で背中を掻くように、諸刃姉さんは手にした剣を背中へと回し、八雲の切っ先を剣の腹で受け止めてしまった。後ろを振り返ることなく、である。あの神、背中にも目玉がついてんのかよ……。

そのまま【ゲート】から飛び出していた八雲の切っ先を弾き、今度は前に出て八雲の首筋に剣の切っ先を突きつけた。

「甘いね。【ゲート】の先がどこを狙っているかすぐわかるようじゃ小手先の技にしかならない。それならまだ足を狙ったほうが確実だ」

「くっ……参りました……」

八雲が降参と言うように両手を上げると、諸刃姉さんは剣を下ろした。

八雲が諸刃姉さんの厳しい指導を受けたいと言い出したのは、『方舟』での戦いで自分の不甲斐なさを実感したかららしい。

僕なんかから見ると、そこまで悪い戦いではなかったと思うんだが、八雲にしてみると
なにか忸怩たるものがあったのだろう。

反対する理由もないのでこうして許可したが、朝からずっとぶっ通しってのはどうなの
か。

「そろそろ八雲は休憩したら？」

「そうなんだよ！　八雲姉様ばっかりズルいんだよ！　次は私の番！」

代われーっ！　とばかりに隣で声を上げたのはフレイである。

朝からずっとお預けを食らっていたのでもう限界！　というところだろうか。

「いや、もう少しでなにか掴めそうなんだ。あと一回だけ……！」

「さっきもそう言ったんだよ！」

ごねる八雲にフレイが、ぷんすか！　と怒りを滲ませる。これは強制的に交代させない
とどっちにも悪影響を及ぼすぞ。

「【ゲート】」

「あっ」

足下に現れた【ゲート】により、ストンと落ちた八雲が僕の隣へ、同じく別の【ゲート】

に落ちたフレイが諸刃姉さんの前に落ちる。これぞ配置転換の術。なんちゃって。

「父上……！　私はまだ……！」

「なにを焦っているのか知らないけど、その疲れた状態じゃもう碌に動けないだろ？」

「そ、それは父上が【リフレッシュ】をかけてくれれば……」

「ダメです。普通に休みなさい」

僕がキッパリと断ると、八雲は観念したのかその場に腰を下ろした。

体力回復魔法の【リフレッシュ】をかければ、確かに体力は回復するのだが、同時に肉体的成長も阻害することがある。

毎日ランニングをして鍛えている二人の人物に、片方は毎回【リフレッシュ】をかけ、片方は自然回復をさせた場合、基本的に基礎体力が付くのは後者だ。筋肉の成長を奪っているわけだからな。

成長が終わっている大人ならまだしも、子供にあまり乱発すると成長を損いかねない。それは八雲も望むところではないだろう。

「いくんだよーっ！」

散々待たされたフレイが爆発したかのように諸刃姉さんへ向けて攻撃を繰り出す。手にしている武器は、フレイが操る神器と同じ槍だ。

リーチの長い槍相手だと、間違いなく剣の方が不利なんだが、相変わらず諸刃姉さんにその常識は通用しないようだった。片手で右に左に鼻歌混じりにあしらってるわ。

「どれくらい修行を積めば、あの領域に到達できるのでしょうか……」

「いや無理だろ」

ぼそっとつぶやいた八雲の言葉に、即答する僕。

アレと同じレベルとか……人間にはまず無理だから。

「いろんな意味であの人は規格外だから、目指すなら八重にしときなさい」

「母上にも勝てる気がしないんですが……」

うん、まあ……。八重も半分くらい人間やめてしまってるから……。神族になった僕のせいだけども。

でもまあ八雲だって一応半神なんだから、充分に可能性はあると思うぞ？

ただ、お父さんとしては最強の娘になられても困るような……。嫁の貰い手が確実に無くなるだろうし。ん？　なら、いいのか……？

「まあ、ほどほどにね。今回の作戦は八雲のお陰で成功したんだから、そこまで思い詰めなくてもいいんだぞ？」

「ですが、神器から神気を奪われてしまいました……」

それか。あれはどうしようもない。どちらかと言うと堕神ばかり気にしていて、グラトニースライムの対策を怠った僕のミスだ。

神器には既に神気を補充し、二度と吸収されないように対策もしてある。だからそこまで八雲が気にすることはないのだ。

……と言ったところで、この子は気にするタイプなんだよなぁ。そこらへん八重と似てるな。

基本的に八重も八雲も竹を割ったような性格だが、真面目すぎて考えすぎるきらいがある。

強く思い込んでしまうというか、頑固というか。もっと適当でもいいと思うんだけど。

まあ、ステフみたいになにも考えてないのも問題だが。

こういうとき、八重の場合は……。

「食べ物だな」

「は？」

くさくさした気持ちは美味しいものを食べてパーッと晴らすに限る。

僕はそう判断すると、すぐにルーとアーシアにメールを打ち始めた。

「で、カレーパーティーですか？」

　中庭に設置された大型ワゴンに大小様々なカレーが並べられているのを見て、ユミナが呆れたようにつぶやく。並んでいるのはミスミドのカラエじゃない、地球のカレーだ。

　異世界の人たちにはミスミドのカラエを改良した食べ物と思われているけども。

　中庭どころか城中に暴力的な匂いが漂っている。食欲をそそるこの強烈な香りは、昼食前のみんなにはキツいかもしれない。気のせいかどこからかキュルルル……という、お腹の音が聞こえてきそうだ。

「それにしてもいろいろ取り揃えましたね？」

「例によってルーとアーシアが暴走してね……。どちらも究極のカレーを作るんだと、試行錯誤して……」

　並んでいるカレーは、鉄板のポーク、チキン、ビーフカレーから、お馴染みのシーフードカレー、カツカレー、野菜カレー、ちょっと変わったところだと、カレーうどんにカレーラーメンまである。

　その他、キーマカレーにグリーンカレー、スープカレーなんてものまで、ありとあらゆるカレーがあった。

それだけじゃなく、ルーとアーシアのオリジナルのカレーもあって、もはや混沌としている。なんか凄く真っ赤なカレーもあるんだけども……。アレには手をつけまい……。

お昼になると、待ってましたとばかりに城の騎士からメイドさんまで昼食を摂りに中庭へとやってきた。

普段は共同食堂を使っているが、今日ばかりはとこちらへ流れてきている。

というか、お弁当派の人らも来ているな……。カレーの力恐るべし。

美味しそうにカツカレーを食べる八重の横で、同じような表情を浮かべてカツカレーを頬張る八雲。

少しは気分が晴れたかな。

美味しいものを食べれば気分が上がり、悩みも少しは軽くなるってじいちゃんが言ってたからな。

どれ、僕もいただくとするか。

「あっ、お父様！　お父様には素材を何日も煮込んで秘密のスパイスを加えた、このブラックカレーを！」

「いえ、冬夜様には私が調合した黄金スパイスを使った黄金カレーを！」

「えっ？」

普通にチキンカレーを取ろうとした僕の横から、にゅっ、とアーシアとルーから二つの皿が差し出される。

えっ、と……。これ、どっちも食べないとダメですか？

ま、まあ、一口二口なら……。え？　全部食べろって？

「「どっちが美味しかったですか!?」」

きたよ……。なんとか二皿食べ終えた僕に二人がぐいぐいと迫ってくる。

どっちも美味しかったよ。甲乙付け難いですよ。

正直言って、僕はそんなに味に鋭くないので、些細な違いなんかわからんよ。

どっちかと言えば、アーシアの方が食べやすかったけど、それはルーのカレーが二杯目だからお腹に入らなかっただけであって。順番が逆なら感想も逆だったよ。

そもそも食べやすかったって、これは美味しいか、美味しくないかの感想じゃないし。

「えーっと、このカレーは引き分けということで……」

「ではこちらのパイナップルカレーで勝負ですわ！」

「それならば私はこのイカのドライカレー詰めを！」

二人が再びぐいっとカレーの皿を出してくる。え、ちょっと待って、また食べなきゃならんの……？

八雲に元気を出してもらおうと計画したカレーパーティーだったが、思わぬところでミスがあったようだ。コック長のクレアさんに頼(たの)めばよかった……。

これ決着つけないといつまでも食べる羽目になるんじゃ……どっちの勝ちにしても面倒(めんどう)なことになりそうなんだが……。

結局僕は限界までお腹いっぱいにカレーを食べて気持ち悪くて寝込(ねこ)んだ。勝負の結果？　気を失ったから知らんよ。

◇　◇　◇

かつてアイゼンガルド、いや世界を襲(おそ)った大厄災(やくさい)の日より、彼(か)の国は、北のラーゼ武王国、東のガルディオ帝国と袂(たもと)を分かった。政治的、国際的な意味でも、地理的な意味でも。

天より飛来し、大地に突き刺(さ)さった呪(のろ)われし棘(とげ)は、岩を砕(くだ)き、土を腐らせ、アイゼンガルド周辺の地形を大きく変化させた。

北のラーゼと東のガルディオに続く大地を海の底に沈(しず)ませて、アイゼンガルドは小さな一つの大陸となった。

その北、ラーゼ武王国にほど近いところに、大きな円と小さな円が二つ、まるで雪だるまのように繋がった形の湖があった。

ここに落ちた二つの呪いの棘が大地を抉り、近くの川から水が流れ込んで出来上がった巨大な湖である。

面積で言えば神国イーシェンの半分ほどにもなるこの巨大な湖は、いつからか『厄災湖』と呼ばれていた。

川の水が流れ込んでできたこの湖だが、その水は不気味なほど真っ赤な色に染まっていた。

プランクトンの異常増殖により起こる赤潮とは違って、くっきりとした血のような赤であった。

呪いが水に溶け込んでいるのか、この湖では生きた魚を見ることはない。

周辺は荒野となり、人ひとり、いや、動植物の類さえ見えない、死の湖であった。

その湖の中心、湖面から十メートルほど上空に、黄金の翼を持った小さなゴレム——ゴルドが浮かんでいた。

ゴルドは手にしていた何やら小さな種を湖面へとパラパラと落とす。

『【成長（ヴァクストゥーム）】』

湖面に手を翳（かざ）したゴルドがそう呟（つぶや）くと、水面からブワッ、と何本もの枝が飛び出し、あっという間に成長していった。

尋常（じんじょう）ではないスピードで、木の枝や根がニョキニョキと伸（の）び、複雑に絡（から）まり合って形を成していく。

それはまるで湖面の上に立つ城塞（じょうさい）のように見えた。植物でできた城塞である。

やがて木々が成長をやめた頃（ころ）には、樹海の城塞とでもいうべきものが、赤い湖の中心に立っていた。

「これが『緑』の王冠（おうかん）の王冠能力（クラウンスキル）、【植物支配】か……」

背中のジェットパックを使い、宙に浮いてゴルドの後方からそれを見ていたペストマスクの男は、ため息とともにそんな声を漏らした。

ゴルドが何本もの枝や根でできた城塞の地面に降りると、ペストマスクの男――マエストロ、いやスカーレットもその場に降り立つ。

『スグに阻害結界を張レ。『扉（ポルタ）』完成まデの時間を稼（かせ）ぐ』

「わかった。そちらは任せておけ」

スカーレットが腰に差したメタリックレッドのレイピアを引き抜き、地面――木の根に突き立てる。

「喚(よ)び出せ、『クリムゾン』」

スカーレットの目の前に、幾(いく)つもの赤い魔法陣(まほうじん)が現れ、その中から四つ腕(うで)ゴレムや半魚人たちがゾロゾロと這(は)い出してきた。

そしてそれとは別に、魔法陣からさまざまな機械や魔道具などが次々と現れ、それを四つ腕ゴレムや半魚人たちがテキパキと運び、チャカチャカと組み立てていく。

あっという間に樹木でできた城塞の四方に避雷針(ひらいしん)のような高いものが設置され、それが起動すると同時に城塞全てを包み込む障壁(しょうへき)が生まれた。

「『方舟(アーク)』を失ったのは痛いが、幸い海底から回収した素材はまだ山のように残っている。すぐに工場を建て、キュクロプスの量産に入ろう」

スカーレットはそう言うと、城塞の一部分を指定し、そこに資材の山を積み上げた。再び四つ腕ゴレムたちがそこに建物を建築し始める。

『【急速(シユネル)】』

空中からゴルドが黄金の羽根一枚を建築現場に突き立てると、そこを中心として広範囲(こうはんい)にいた四つ腕ゴレムや半魚人の動きが目に見えて速くなる。

『黒』の王冠の王冠能力(クラウンスキル)による力だ。大きな代償(だいしょう)が必要になるため、多用はできないが、ゴルドはそれを惜しむつもりはなかった。

自らの目的を遂げることさえできれば、全てを失ったとしても惜しくはない。

「待っテいロ……。この歪んだ世界を必ズ正ス……」

ゴルド――クロム・ランシェスの赤い両眼には、凄まじいほどの執念の炎が宿っていた。

◇　◇　◇

「なんだいこりゃあ……」

メタリックオレンジに輝くキュクロプスのコックピットで、邪神の使徒であるタンジェリンはそんな声を漏らした。

隣に立つメタリックグリーンの機体に乗るピーコックも同じようなことを思っているだろう。

『方舟』を自爆させ、生命からがら逃げ出した二人は、ピーコックの邪神器が持つ探索の能力で、ゴルドとスカーレットの居場所を突き止めた。

彼らが施した阻害結界も、同じ邪神の眷属である二人には効果がない。

アイゼンガルドの北の地で、再び邪神の使徒は顔を合わせることになった。

「いったいここはなんなの？　エルフか何かの町を占拠したのかい？」

「ここはゴルドが『王冠能力』で作り上げた新たな拠点だ。我々の生活空間は南側の巨木の上にある。休みたければそちらへ行け」

全体が木の根、木の枝でできているような要塞に驚く二人に、スカーレットが視線も向けずに答える。

彼の関心は二人の乗ってきたキュクロプスに向けられていた。正確に言えば、キュクロプスが持ってきた三メートルほどの立方体の形をした真っ黒いコンテナボックスに、だが。

「これを『方舟』から持ち出せたのは僥倖だったな。一から作り直さねばならんかと思っていたところだ」

「『方舟』を自爆させたのは私らだからね。これくらい持っていかないとアンタにぐちぐち文句を言われると思ったからさ」

「自爆は仕方がない。これや『方舟』が向こうの手に渡るより遥かにましだ。犠牲は大きかったが、結果、『方舟』よりも強大な力を手に入れた」

「強大な力？」

片眉を上げて訝しげな表情をするタンジェリンに、スカーレットは要塞の南端部、大きな赤い結晶体が埋め込まれた、大きな板に視線を向けた。

モノリスにはびっしりと古代魔法文字が刻まれている。これはゴルドが設計をし、スカーレットが作り上げた装置であった。

結晶体の中央から赤い光がレーザーのように放たれる。そのレーザーは樹木要塞が立つ湖のほとりに大きな光の魔法陣をゆっくりと描いていく。

完成した魔法陣が起動すると、その魔法陣の中からワラワラと奇妙な生物が這い出してきた。

姿形は人間に似ている。だがその身体は生身とは言い難いものであった。

ゴルドとスカーレットが生み出した機械魔と同じく機械と融合した身体。そして金属でできたマスクを頭にすっぽりと被っている。

そのマスクは犬だったり、猫だったり、鳥だったり、ワニだったりと様々な形をしていた。各々が鉄の槍や剣、杖のような物を持っている。

機械の獣人、と言う言葉がピッタリくる。

「召喚獣ですか?」

「精霊界ではなく、異界より死者を呼び出すゴルドの『黒』の力だ。我らの波長に合う僕を選んでこちらへと呼び込んだ」

「死体なの？」

「機械と融合しているからな。ゴレムのような物だ。生きてはいない。機械魔と変わらん」

金属の動物マスクをした機械兵が湖のほとりにぞろぞろと並んでいく。規則正しく並んだ後は微動だにせず、自分の意思というものをまったく感じられない。確かにこれはアンデッドと同じだとタンジェリンは思った。

「グラファイトが生きていたら嬉々として調べたでしょうね」

「かもしれん」

タンジェリンの言葉にスカーレットがぞんざいな言葉を返す。『生きていたら』という言葉に馬鹿馬鹿しさを感じたからだ。

自分たち『邪神の使徒』は、すでに邪神器にその魂を取り込まれている。あそこにいる死者となんら変わらないのだ。己の意思があるかないか。ただそれだけの違い。

それだけの違いだが、それが大きな違いでもある。スカーレットにはアンデッドに身を落としても手に入れたい物がある。そのためには自分の生命さえ必要がなかったというだけだ。

そのために悪魔と契約したのだ。ゴルドという小さな悪魔と。

「確かにあの機面兵は戦力になるかもしれませんが、ブリュンヒルドの巨人(きょじん)兵相手にはひとたまりもありませんよ？」

「それは私の方でなんとかする。もうすでにキュクロプスとは違う機体を量産中だ」

ピーコックの苦言にスカーレットが二人を連れて格納庫らしき建物に案内した。

そこで作られている新型機を見上げた二人はその異様な姿に絶句する。

キュクロプスよりは細身なボディ。そして短い胴体(どうたい)に長い手足。腕は肘(ひじ)の部分でZ形に折れ曲がり、足の膝(ひざ)部分も人間のそれとは逆に曲がっていた。

手の先、足の先には鋭い爪(つめ)が装備され、人型というより獣人型と言った方がピタリとくる外見をしていた。

「『山羊頭の悪魔(バフォメット)』と名付けた。キュクロプスよりも機動力に優(すぐ)れ、様々な装備を換装(かんそう)できる。それによりベースは一つの機体だが、多種多様な機体を作ることができるようになっている」

スカーレットの説明にタンジェリンはバフォメットの頭部に視線を向ける。なるほど、曲がりくねったツノなど、山羊の頭に見えなくもない。山羊頭の悪魔とは言い得て妙(みょう)だ。

実を言うと換装システムはルーの乗るヴァルトラウテを見て思いついたのだが、プライドの高いスカーレットがそれを口にすることはなかった。

「こいつにいかに戦闘知識を植え込むかが悩みの種だったが……お前たちが持ってきてくれて助かった」

二人のキュクロプスが持ってきたコンテナボックスを四ツ腕ゴレムが開封する。

中には透明なケースに入った、馬鹿でかい人間の脳を模したような丸い水晶体が入っていた。

ゴレムの頭脳とも言えるQクリスタル。この大きなQクリスタルは、全てのキュクロプスのQクリスタルを記憶・保存する、言わばマザーQクリスタルとでも言うべき物であった。

この中にはキュクロプスの全ての戦闘データがバックアップされている。

これにより、バフォメットはキュクロプスの戦闘データを受け継ぎ、今までの経験値のある万全の状態で戦うことができるのだ。

「ところでゴルドはどこに？」

「ああ、ゴルドなら向こうだ」

格納庫からスカーレットが樹木要塞の中央部、祭壇のようになっているピラミッド状の建築物に視線を向けた。

「……円環？」

祭壇ピラミッドの上にあったものは、複雑な紋様が描かれた直径五メートルほどの金属でできた黄金の円環であった。

土台に固定され、それはまるで山から昇る日輪のような輝きを放っている。

そしてその前に同じく黄金の輝きを放つ小さなゴレム……『金』の王冠、ゴルドが佇んでいる。

ゴルドがその小さな手を円環に翳す。

ガゴン、と大きな音がして、円環の一部が回転するようにスライドし始めた。

まるでパズルのように、内側と外側の何層にもなった円環が次々に動いていく。

それはまるで金庫のダイヤルのように右に左に回転を続け、やがてある場所でカチリと止まる。

円環が低い唸りを上げているが、それ以外に特に何も変化はない。

しかしタンジェリンは円環の中心に一瞬だけ、僅かな小さい光が見えた気がした。

「何をしてるの？　アレは？」

「……さあな」

スカーレットのそっけない返事にタンジェリンが眉根を寄せる。彼女はゴルドとスカーレットがなにか隠し事をしているのは気付いている。

それを責めるつもりはない。元々心を許す仲間のつもりはないし、こちらに迷惑がかからないのであれば好きにすればいいと思う。だが、気持ちとして不快に思うのはどうしようもなかった。

「どうせ何かの実験だろうけど……ま、勝手にすれば？　私たちは休ませてもらうわ」

タンジェリンはピーコックを連れて居住区へと消えていった。

一方、黄金の円環の前で佇むゴルドは、先ほどの実験を鑑みて、何が問題なのかを突き止めるのに忙しかった。

『方法は間違ってはいなイ……。でアレば出力の差カ？　糧とナル魂が足りナイ？　ならば……』

天才ゴレム技師の記憶を持つ小さな機械人形は、己の野望に着々と歩みを進めていた。

◇　◇　◇

「大樹海に巨獣が？」

「はい。それもとてつもない大きさの巨獣です。フレイズの上級種よりも大きく、強力な再生能力を持っています」

冒険者ギルドのギルド長、レリシャさんが持ってきた話に僕は目を見張る。上級種よりも大きな巨獣!?　そんなものをなんだって見逃していたんだ?

「巨獣の名は樹竜イグドラシル。ギルドに残る文献に僅かに記載されているだけの、いるかどうかもわからない魔獣です。いえ、でした、と言うべきですか」

「絶滅種か……」

「さらに巨獣化している厄介なもの、です」

また邪神の使徒が生み出している『歪み』から呼び寄せられた過去の魔獣か。

アイツらホント碌なことしないな。

時空の穴の方は時江おばあちゃんの配下である時の精霊が塞ぐだろうけれど、出てきちゃった魔獣は僕らが対処しないといけないいんだぞ。

竜というから瑠璃がなんとかできないかと尋ねてみたが、樹竜とやらは魔竜のカテゴリらしいので眷属ではないそうだ。

『使えん奴め』と呟いた琥珀とキレた瑠璃が喧嘩を始めたが、放っておこう。外でやれ、外で。

「樹海の部族からも緊急要請が来ておりますな」

高坂さんがゲートミラーで届いた手紙を差し出してくる。樹海の部族の長であるパムからの援軍要請だ。

パムたちにもスマホを渡そうとしたんだけど、操作がわからんって、嫌がったんだよね。なんとか手紙を送る【ゲートミラー】をもたせるのが精一杯だった。

手紙といっても樹海の部族はほとんど文字を使わないから、『テキ　キタ　タスケ　ヨコス』みたいな、まるで一昔前の電報のような文章だ。

別に樹海の部族は世界同盟に参加しているわけじゃないんだけど、ブリュンヒルドとは同盟を結んでいる。放っておくわけにもいかないよな。

とりあえず出撃は決定だ。とはいえ、先日のラーゼ海岸戦のダメージがまだ残っている。そこまでの戦力は投入できないだろうなあ。

それでも一応どれくらい修理が進んでいるか確認のためにバビロンに跳んで博士たちに事情を話すと、なぜかその場にいたクーンがキラキラとした目でこちらを見てきた。おおう、嫌な予感がビンビンするぞう……。

「なんて素敵なタイミング！　ちょうどいい武器が先ほど完成したんです！」

「武器？　フレームギアの？」

またトンデモ武器なんだろうなあ……と、今までの経験から僕はそう察する。

とはいえ見ないとは言えないので、とりあえず『格納庫』に行って見せてもらうことにした。

「これがッ！　私が一から作り上げた振動回転刀『チェインブレード』です！」

「チェーンソーやん……」

ドでかい大剣状の刀身に、びっしりと小さな晶材の刃が付いている。柄の部分にはおそらくそれを回転させるためのエンジンのような動力部も付いていた。

僕の言葉からわかるように、どっからどう見てもこれはチェーンソー武器だ。

また予想外のイロモノを作ってきたなぁ……。

「細かい刃で『切る』のではなく『削る』ことに特化させ、その傷口を潰し、再生を困難にする！　邪神でさえもミンチにできること請け合いです！　まさに『神殺し』の武器と言えるでしょう！」

神殺し、って。あのう、一応お父さんも『神』なんですが。君も半分そうなのよ？　おっかねぇなあ……。

だけど、樹竜とやらを相手にするなら有効かもしれないな。この武器なら硬い樹なんかも切れるだろうし。

樹竜イグドラシルってのは身体全体が樹木でできているような竜なんだそうだ。巨獣が大樹海に現れたのに気がつくのが遅れた理由がそれだ。

つまり樹海と一体化してわかりにくい状態になってたんだな。

前回の砂漠のスタンピードといい、今回の大樹海といい、ひょっとして時空の歪みが生まれても、場所自体は変わらないのかね？

過去の砂漠から現代の砂漠へ、過去の大樹海から現代の大樹海へ。

樹竜も元々過去の大樹海で暮らしていたのかもしれない。

樹の竜なら燃やしてしまえばいいとも思ったが、それをやると大樹海も大被害を被りかねないし、生きている木って実は燃えにくいもんだしな。

木の中には空気と水分がいっぱい詰まっているので、熱が伝わりにくく、表面が燃えても中までは燃えなかったりする。

仮にも樹竜は生物なのだから、本当の木より水分は多いんじゃないかな？　最悪、大樹海の木だけ燃えて樹竜は平気、なんてオチになりかねない。

「ボクが言うのもなんだけど、これはなかなかいい武器だよ。刃を動かす魔力が別に必要になってしまうのがネックだが、交換式のマナカートリッジを付けることで対応している。スパッとは切れないが、弾かれることなく確実に切れる武器だ。実に面白い」

珍しくバビロン博士が手放しで褒めているのを耳にして、クーンがえっへんとばかりに胸を張る。

ものすごく褒めて褒めてオーラを出していたので、『すごいなー』とクーンの頭を撫でてあげた。娘がチョロすぎてちょっと不安になる……。

「これって今どれぐらいあるんだ？」

「試作に作ったのが三振り、完成品がこの一振り。そしてオルトリンデ・オーバーロード用の特注品が一振りですね」

オーバーロードのまで作ったのかよ……。樹竜ズタズタになるな、こりゃあ。

「一時間ほど待っていただければ、さらに十本ほど『工房』で量産しますけども」

これほどのものを一時間で十本以上……。五、六分で一本できちゃうのかよ。なんだよ、カップ麺かっての。いや、ありがたいけどさ。

構造としてはそこまで複雑じゃないから大丈夫らしい。チェーンソーってそんな簡単な構造だったか……？

現在、樹竜は暴れているわけでもないし、大樹海の村に向かっているわけでもない。数時間なら大丈夫だと思う。

「よし、じゃあ量産を始めてくれ。一時間後に出撃する」

「了解」


僕はその場を博士たちに任せ、騎士団員たちに出撃の準備をするように伝える。

今回出撃するのはうちだけだ。大樹海の部族は世界同盟に正式には参加してないからな。

あくまで現在の樹王の部族、ラウリ族の友好国であるブリュンヒルドとして動く。

そして今回は騎士団のみんなには初お披露目になるヴァールアルブスで出陣だ。

【ゲート】で転移すれば速いんだけど、樹竜が出現した場所近くには行ったことがなかったし、僕がいない状況でも出撃できるように、そちらの訓練も兼ねている。

『方舟』が破壊された以上、ヴァールアルブスも隠れている意味がなくなったからな。今後は輸送戦艦として使うことになる。

もちろん隠蔽機能があるらしいから地上の人たちに見つかって騒ぎになることはない。影さえもできないってすごいよな。屈折率がどうこうと言っていたが、よくわからん。

まあ、騎士団のみんなには初めての空の旅を楽しんでもらおう。と、言っても、結局大樹海にある大神樹までは僕の【ゲート】でヴァールアルブスごと行くんだけどね。そこからは三十分もかからないと思う。

どれ、奥さんや子供たちにも連絡したし、僕も準備を始めるか。

◇　◇　◇

樹竜イグドラシルはクーンの作ったチェインブレードのお陰でそれほど苦戦せずに倒すことができた。

最終的にはオーバーロードがイグドラシルの首をチェインブレードでぶった斬った。

博士の言った通り、これ使えるな……。

確かにスパッとは斬れないが、押し込めばどこまでも食い込んでいくし、相手の武器も壊せるんじゃないか？

欠点があるとすれば、ワイヤーとか紐状のものだと巻き込んでしまうってことか。

イグドラシルの身体には細かい樹の蔓なんかも巻き付いていたんだが、それがチェインブレードに絡んだりしたんだ。

ま、絡むといっても完全に巻き込まれると蔓のほうがズタズタに引き裂かれるから、回転が止まるなんてことはなかったけど。

だけどもし晶材と同じくらいの硬さのロープやワイヤー的なものがあったら止まってし

まうだろうなあ。使い手には気をつけるように言っておいたけども。

とりあえず使えることはわかったので、いくつか量産し、希望者の機体に装備させることになった。

キュクロプスのボディはオリハルコンを使った特殊合金だ。晶材で削ることができるからたぶんチェインブレードも使えると思う。

ただ、邪神器は無理だろうなあ……。欠けさせることくらいはできるかもしれないが、すぐ再生するだろうし。

やっぱり神器には神器でしか対抗できないかな……。正確には邪神器のは神器じゃないんだけれども。

そういえば神器でちょっとした不都合が発覚した。

イグドラシル相手に、フレームギアでも神器を使えるか試してみたのだけれども。

神器は付与した【最適化】により、使い手が扱いやすい大きさに変化する。

ちょっと不安だったリンネが乗るゲルヒルデにもガントレットとして装備できた。これは問題ない。

問題だったのはクーンの乗るグリムゲルデだ。

クーンの神器形態は『銃』。ところが、グリムゲルデの右手にはガトリング砲が装備され、握(にぎ)ることができない。

左手はフィンガー・バルカンになっていて、五本の指があるものの、細かい動きまではできないのだ（簡単に言うとぐっと握ることができない）。

一応、右手のガトリング砲は着脱式(ちゃくだつしき)になっていて、それを外せば右手で握ることはできる。

しかしメイン武器のガトリング砲を外すというのが、どうにもクーンには我慢(がまん)できなかったようで……。

「着脱(パージ)しなくても神器を使えるようにしなくては！」

と、なんとかガトリング砲を肘の後方へスライドさせて外し、神器を持たせることにしたようだ。そこまでせんでも、と思ったが、クーン曰(いわ)く、やれることはやっておくべきだと。それが『こんなこともあろうかと！』に繋がる、という話だった。わかったようなわからんような……。

◇　◇　◇

「珍しい素材が手に入ったので持ってきました」

「ほうほう。これは……なかなか……」

樹竜イグドラシルの素材をミスミドにいる工芸神……クラフトさんにお土産として持って行った。

この素材は今現在、世界中で僕しか持っていない。珍しい木材ならクラフトさんも喜ぶと思ったんだよね。こんな神素材、まさしく神に預けた方が有効活用ってものだろう。

「いいね。硬いのにクセがなく死に節もない。そしてこの軽さ。面白い素材だよ」

クラフトさんは渡した何本かの木材を、手にしていた鉈で適当な長さにスパッと切り、そこから大きめのナイフでザックザックと形を整え、鑿、ヤスリと道具を替えて、あっという間に一本の木剣を作ってしまった。

一分くらいで。嘘だろ……僕が【モデリング】で作るより速いぞ……。

クラフトさんはそのまま薪割りのところに置いてあった薪を切り株に立てて、木剣を振り下ろし、スパン！　と薪を一刀両断してしまった。

ちょっと待って、木剣で木を切るって、諸刃姉さん以外にできんの⁉

「ちょっと研ぎ過ぎたか。君の子供用にと思ったんだけど、刃を潰さないと危なくて使えないな」

いや、危ないというか、あの子ら普通に真剣とか使ってますけどね？

調整された木剣を手渡されて、その軽さに驚いた。軽いとは思っていたけど、こうして形になってみると、普通の木剣に比べてその軽さがよくわかる。

木製バットとプラスチックバットみたいだ。こんなに軽いと逆に使いづらい気もするけど、フレイとかなら難なく使いそうだな……。

「それで神器はうまく使えているかい？」

「ええまあ。子供たちが、ですけど」

僕の作った神器なのに僕が使えないってのが笑えるけど。

正確には使えないのではなく、使ってはいけない、なんだけどね。

世界神様の眷属である僕が神器を使ってしまうと、間違いなくこの世界に『大きな影響』を与えてしまう。

奏助兄さんの楽器やスマホみたいな神器なら問題ないけど、武器となるとね。あ、ハープボウを楽器として使う分には問題ないか。ハープなんて弾けませんが。

「邪神の使徒……あと堕神の残滓を倒したら【ストレージ】に入れて封印するつもりです」

「それがいいね。神界の宝物殿に入れてしまうとのちのち必要になった時、捜すのが大変だから。それに神器を使わなきゃいけないような状況も全くないわけじゃないし」

神々とて様々な者がいる。中には迷惑な奴らもいるらしい。この世界に逃げた従属神や堕神みたいなやつとかな。

そんな奴らと争いにならないとも限らないということか。神々の戦いとか笑えないねぇ……。

「戦いが大好きだっていう神も多いからね。戦神とか闘神とか……。武神もそのうちの一人だけど、彼の場合自分を鍛えることに比重を置いているからまだマシかな。最近は弟子の成長を楽しむようになっているみたいだしね」

話を聞くと、武神である武流叔父も、若い頃はなりふり構わない武の追求とやらをしていたんだそうだ。それが何億年もかけて丸くなったんだと。

人にも、いや神にも歴史ありって感じだな。

フレイだけにお土産ってのもなんなので、八雲にも木刀を、他の子供たちには動物の木彫りの置物を作ってもらった。もちろんお金は払ったぞ。

少し値が張ったが、神作品をこの値段でと考えると安い……はずだ。

とりあえずクラフトさんにお礼を言って、作ってもらったお土産を持ってブリュンヒルドへと帰る。

城の廊下を歩いていると、ちょうどヒルダと出くわしたので、フレイに木剣を渡してもらおうと思ったのだが断られた。

「せっかくのプレゼントですもの。ちゃんと自ら手渡ししてあげて下さいな」

ごもっともである。

ヒルダと訓練場へ行くと、八雲とフレイがちょうどいたので二人に木刀と木剣を渡す。

「わー！　とっても軽いんだよ！　振りやすいんだよ！」

「ありがとうございます、父上」

木剣と木刀をもらった二人は嬉しそうにさっそく素振りをしていたが、やはり手にすると使ってみたくなるのが武器というもので。

八雲とフレイはそのまま木刀と木剣で模擬戦を始めてしまった。ま、喜んでくれているようでなによりだ。打ち合っている音が、『ドギャッ！』とか『グワシッ！』とか、木刀や木剣ではあり得ない音なのはこの際スルーしよう……。

他のみんなはリビングにいるというので、行ってみると、ステフとリンネ、ヨシノの三人を除いた子供たちと、リーンとリンゼ、それとユミナがお茶を飲んだりしてそれぞれくつろいでいた。

僕がクラフトさんからのお土産を出すと、子供たちがそれぞれ気に入った木彫りの動物を手にしていく。

クーンはクマ、アーシアはイヌ、エルナは小鳥を選び、久遠は選ばなかった。

「僕はステフたちが帰ってきてからでいいので」

「偉い！　久遠は立派なお兄ちゃんですね！」

ユミナに撫でくり撫でくりされるがままの久遠は、もう諦めたかのような渇いた表情で笑っている。

「久遠も大変だな……」

「未来ではユミナお母様もここまで激しくはないんですけどね……」

僕の呟きにクーンが苦笑いとともに答えてくれる。

まあ今のユミナは念願（？）叶って、ブリュンヒルドの世継ぎを産んだという事実もあいまってあんな感じになってるんだろう。

生まれてから六年もすれば、さすがに未来のユミナも落ち着くよなぁ。

「ただいまー！」

リビングにステフとリンネ、ヨシノがいきなり現れた。ゴールドも一緒か。

ヨシノの【テレポート】で転移してきたらしい。驚かせてしまうから、出現場所は考えるようにとあれほど……。

「と一さま、これあげる！　にしのもりでみつけたの！　おみやげ！」

ヨシノにちょっと小言を言おうとした僕の出鼻を挫くように、ステフが小さな木でできた箱をにゅっ、と差し出してきた。

お土産？　にしのもりって西の森か。どうやら三人はこの城の西にある森に遊びに行っていたようだ。

ブリュンヒルド周辺には強い魔獣はほとんどいないが、野犬や狼の類は出る。なので、あまり勝手に出歩かないでほしいんだが……ま、この子らが野犬や狼にどうにかされるとは思えないけども。

だけど久遠とアリスらが出会った絶滅種……確かマルコシアスとかいったか。あの例もあるからな。気にしすぎかもしれないけど、少しは警戒してほしい。

まあ、それはそれとして。

「お土産……って、なにこれ？」

「あけてあけて！」

急かすステフになんの疑いもなく、僕は小箱の蓋を開けた。

「ひぃ!?」

中に入っていたものを見て、僕は思わず手を滑らせる。小箱が絨毯の上に落ち、中身がモゾモゾと箱の下から這い出してきた。

「「きゃあぁぁぁ!?」」

「あら」

ユニゾンで悲鳴を上げたのはリンゼとユミナ。あまり驚かなかったのはリーンである。

箱の下から這い出してきたのは虫だ。三匹のイモムシ。けっこうデカい。十センチ以上はある。虹色のような光沢を持つイモムシが足下でウネウネと蠢いていた。

「こっ、こっ、これは……?」

「きれいでしょ！　ステフがつかまえたの！」

きれい……？　いや、色はね!?　色がどうこうの前にイモムシだから！

「ダーリンって虫が苦手だったかしら？」

「苦手ってほどじゃないけど、いきなりだったから……！」

僕はそこまで虫嫌いってわけじゃない。好きでもないけど。カブトムシやセミくらいなら触ることもできるけど、幼虫となるとちょっと抵抗がある。……ごめんなさい、嘘です。かなり抵抗がある。

硬い殻がある虫ならまだなんとか大丈夫だが、こういったイモムシ系はかなり苦手だ。

あのGでさえ、スリッパでパーン！　とできるのにね……。

ため息をついてリンネがステフに話しかける。

「ほら、やっぱり。いくら色が綺麗でも、みんな虫は嫌がるよ、ステフ」

「えー……？　きれいなのになぁ……。とーさまはきらい？」

「嫌いっていうか、苦手っていうか……」

せっかくお土産に持ってきてくれたステフを傷つけることになりはしまいか、と、言葉を選んでいる僕をよそに、しゃがみ込んだリーンがイモムシを手に取り、小箱へと戻していた。

よく素手で掴めるなぁ……。森に住む妖精族にとっちゃ、虫なんて日常的にいる存在なのかもしれないけどさぁ……。

「……間違いないわね。これ七色蚕だわ」

「七色蚕？」

蚕なの？　そのイモムシ。いや、蚕だろうがなんだろうがイモムシには変わりないから苦手なのは苦手なんだが。

「七色蚕はね、虹色の綺麗な光沢がある美しい絹糸を生み出す蚕なの。その糸で紡がれた絹は王侯貴族にとても好まれたと言われているわ」

「へー……言われている？」

「ええ。二〇〇〇年ほど前に絶滅したって聞いているわ。子供のころ里の長老が話してくれたの」

絶滅種……？　まさか……！

「おそらく以前、久遠たちが倒した絶滅種と一緒にこちらの時代へやってきたのね。次元の穴を通り抜けて、こちらへ来てしまったんだわ。ふふっ、これは文字通り思わぬ拾い物ね。でかしたわよ、ステフ」

「ほめられた！」

リーンがステフの頭を優しく撫でると、彼女は嬉しそうに、にぱっ！　っととびきりの笑顔になった。

リーンの話によると、七色蚕は二〇〇〇年ほど前にとある国が独占的に飼育していたそうだが、何かの実験で全滅してしまったらしい。

かつては野生でも生きていた七色蚕だが、人間に飼育されるようになると、次第に生命力が弱くなってしまったようだ。

確か蚕も家畜化された昆虫で、自然の中ではもう生きられないんだっけか。

「この七色蚕は家畜化してない野生の種。これを改良していけば、その生地はブリュンヒルドの特産品になること間違いないわよ。ホント碌なことをしないと思っていたけど、邪神の使徒も役立つ時があるのね」

リーンがニヤリと笑う。特産品ねぇ……。まあ、それはありがたいけど、飼うの……？これ……。

「大丈夫よ。ダーリンに管理しろとは言わないから。そうね、『錬金棟』のフローラに頼んでちょっと品種改良してもらおうかしら。まずは数を増やさないとね。それから……」

七色蚕から取れる絹の産業にリーンはだいぶ乗り気のようだ。彼女はその衣装からわかるように、かなりのオシャレさんである。

裁縫ならリンゼの方が上手いが、デザインなどはよくリーンも口を出しているしな。最高級の布が作れるとあっては見逃せないのだろう。

服飾関連なら『ファッションキングザナック』のザナックさんにも協力してもらえるか？だけど立ち上げたブライダル部門が大評判で、各国から次々と注文が入ってきているらしいから、手伝ってもらえるかな？

商売人が商機を逃すとは思えないから、たぶん大丈夫だとは思うけども。

「なんというか……未来ではブリュンヒルドの養蚕業はかなり有名なのですけど、まさかステフが発端だったとは思いませんでしたね……」

久遠が小さなため息をつきつつそんなことをぽろりと漏らす。なるほど。この事業は大成功するようだ。なんとなくわかってはいたけどさ。

「しかしよく生きていたな……。普通の虫なら鳥とかに食われてしまっていたんじゃないのか？」

「七色蚕はこう見えて魔獣の一種なの。認識阻害の野生魔法をもっているから、鳥や獣にはそう簡単には見つからないわ」

「えっ？　こいつ普通の虫じゃないの？　危険はないのか？」

「伝え聞く話だと毒も持ってないし、特に危険はないと思うわ。ただ単に見つけにくいってだけの魔法だから」

リーンがそう説明してくれるが、そんなのよく見つけることができたな……。

「うちの子たちに、たかが虫の使う認識阻害が効くと思う？」

「そう言われてみると、まあ確かに……」

うちの子たちは総じてなんというか『勘』が鋭い。『こっちのような気がする』、『たぶんこれ』、などという曖昧な直感が鋭いのだ。ここらへんも半神である体質なのだろうか。

なぜ僕にはないのだろうか？　生まれついての神族じゃないからかね？

「とにかく明日にでももう一度西の森に行ってみましょう。まだ他の七色蚕がいるかもしれないわ。繭になっている蛹もいるかもしれないし」

リーンがワクテカしとる。魔法以外でこうなるのは珍しいな。魔導具でテンションが上がっているクーンと同じだ。やっぱり母娘なんだなぁ。

「あーっ！　ねーさまたちなんかかわいいのもってる！　なにそれ⁉」

「父上のお土産ですよ。ステフのもあります。どれがいいですか？」

めざとく木彫りの動物に気付いたステフがテーブルに置いてあった残りのものに食いついていく。

それを横目にこっそりとスマホで西の森を検索してみると、まだ数十匹の七色蚕がいるようだった。

どうやら次元の穴ってのは、周囲のものを吸い込んで、過去から未来へと吐き出すみたいだな。

ひょっとしたらここらに落ちてる葉っぱや枝なんかも過去の絶滅種かもしれん。違いがわからないから判断できないけど。

検索結果をリーンに教えてあげたらとてもいい笑みを浮かべていた。バビロン博士とかと比べるとアレだけども、リーンもけっこう研究者肌なんだよなぁ……。その気質がクーンに受け継がれたんだろうけどさ……。

◇　◇　◇

次の日、西の森に探索に出かけるとすぐに十数匹の七色蚕と、木の枝にぶら下がった虹色の繭をいくつか見つけた。

思ったよりも繭がでかいんだが。七色蚕ってのはたくさん糸を吐き出す種なんだろうか。

とりあえず【サーチ】で検索して余すことなく回収して『錬金棟』のフローラに任せたら、わずか数時間で繭から糸を紡ぎ出してしまった。

そして今度はそれを『工房』のロゼッタがまたも数時間で一枚の布地に織り上げてしまった。すごく助かるんだけど、釈然としないものを感じるのはなんでかね？

七色蚕の繭から作られたその布地は、普通のシルクよりも滑らかな手触りで、艶のある光沢が美しい、まさに最高級というような質感だった。

しかもこれ、魔力を通すと色が変わるんだよね。流す魔力の強さによって、様々な色になる。そんなに大きな魔力はいらないから、一般の人たちでも普通に使えると思う。ただ、これが一般の人たちが手の出る値段になるかと言われると、無理っぽいなぁ、と、僕は目の前でポロポロと涙を流すザナックさんを見てそう思った。

「これがっ……！　あの、伝説の七色蚕のシルク、アルコバレーノ……！　まさか、この目で拝むことができようとは……！　本当に公王陛下についてきてよかった……！　ありがとうございます、ありがとうございます……！」

拝まれた。まさかそれほどとは。

七色蚕のシルク、アルコバレーノは古書にわずかに記載されているだけで、存在していたことはわかっていても、実物はもはやこの世にない、幻の生地となっていた。

そもそもそれを生み出す七色蚕が絶滅しているのだ。幻となっても仕方がない。

服飾関係者にとってはまさに伝説の生地というわけだ。

以前、バビロンにあったムーンシルクワームの生地にもザナックさんは驚いていたが、今回はそれ以上だな。

ムーンシルクワームの生地は、少ないがまだ存在しているけど、アルコバレーノはもう文献にしか残っていない生地だから当たり前か。

「保存魔法がかけられたものが一つくらい残っていてもおかしくないと思うんだけど……」

「アルコバレーノは反射魔法の特性を持っていて、保存魔法の付与を弾いてしまうのよ。

だからどんなに丁寧に扱って保存をしても、二千年は持たないわ」

『ファッションキングザナック』についてきたリーンがそう説明してくれる。なるほど、それで幻の生地になってしまったんだな。

「おおっ、本当に魔力によって色が変わるんですね！」

ザナックさんが手にしたシルク・アルコバレーノに魔力を通し、色が変わったのを見て歓喜の声を上げている。魔法は弾いても魔力を弾くわけではないので、ザナックさんでも色をすぐに変えられた。

「素敵でしょう？　この生地で作られた服ならその時の気分によって色を変えられるわ。パーティーで誰かが同じようなドレスを着ていたとしても、すぐにイメージを変えることができるのよ。魔力を通さなくてもこの美しさ……これは貴族女性が食いつくこと間違いないわ」

「ええ、ええ！　最高級の生地としてこれは売れますよ！　これは国家事業に？」

「いずれそうなればいいとは思うけど、今のところ数が揃わないからちょっと無理ね。生地はこちらで用意するから、この店にはこれを売り出すのにふさわしいドレスを頼みたいのだけれど」

「ありがとうございます！　誠心誠意務めさせていただきます！」

リーンとザナックさんが本格的な交渉に入ってしまい、僕は蚊帳の外だ。時折り、こんな感じのドレスはないかとリーンに言われ、条件に合うドレスをスマホで検索してリーンのスマホに送るくらい。

まあ、こういうのは門外漢が口を挟まない方がいい。

手持ち無沙汰になってしまった僕が窓の外に視線を向けると、突然その窓を通り抜けて翡翠の燐光を纏う半透明の少女が飛び込んできた。

『大変、大変！　精霊王様、大変よ！』

そう叫んで飛び込んできたのは大精霊・エアリアルだった。リンゼとも契約をしている風の大精霊だ。

窓を突き抜けてきたことからわかるように、精霊体のままであるから、僕と僕の眷属であるリーンには見えているが、ザナックさんや店員さんたちには彼女の存在は見えていない。声も届いていないだろう。

「？　どうかしましたか？」

「いえ、なんでもないわ」

「あ、僕ちょっとトイレ借ります」

席を立ち、店内のトイレへと向かう。察したのかエアリアルも素直に僕についてきた。

ドアをバタンと閉めると、ため息とともに小さく声を出した。

「で？　なにが大変なんだ？　リンゼの話だとしばらく精霊界に里帰りしてたんじゃなかったか？」

『うん、精霊界で久しぶりにみんなと話していたんだけど、精霊王様が作った聖樹が異変を感じたの。北の方に禍々しい渦を感じるって』

「禍々しい渦？」

アイゼンガルド全土に広がった神魔毒を浄化するために僕と農耕神である耕助叔父と作った聖樹。

聖樹は精霊の宿る、浄化作用のある聖なる木で、今はまだ幼いが、やがて普通の精霊のように姿を得て、『聖樹の精霊』となるという。

その聖樹が異変を感じるだって？

聖樹はアイゼンガルドのほぼ中央に位置する森の中にある。そこから北……？　一番近い国は海を挟んでラーゼ武王国があるけど……。

「ラーゼ武王国でなにかあったのか？」

ついこないだラーゼ武王国で邪神の使徒と戦った。その影響がなにか……。

『違う。同じ大陸らしいからそこよりは南。精霊たちがそこから息苦しくて先に進めないって。聖樹の浄化の力も吸い込まれているような感じなんだって。まるで深淵のような……』

聖樹の力が吸い込まれ、精霊たちも怯えて近づかない……。

すぐにピンときた。邪神の使徒の力、いや、元・神である侵蝕神の力に精霊たちが怯えているのか。

これは十中八九アイゼンガルドにあいつらはいるな。少なくとも侵蝕神の力を宿したゴルドだけは。

それにしても深淵ね……。

『怪物と戦う時は自らも怪物とならぬように心せよ。深淵を覗くとき、深淵もまたこちらを覗いているのだ』

ニーチェだったか？　とっくの昔に神になってしまっているので、もう僕は手遅れだけど。それでも心だけは人間のつもりだ。

そんな益体もないことを考えて苦笑しながら、僕はリーンたちのところへと戻った。

幕間劇　ブリュンヒルドラーメン横丁

「『ゲートミラー』による郵便事業、か」

「はい。世界のどこにでも手紙が送れるこの魔道具を使えば、画期的な事業になるかと」

高坂さんがテーブルの上に置いた二枚の細長い枠に嵌った鏡。

僕の作った【ゲート】が付与されたゲートミラーだ。

一対の鏡同士がつながっていて、片方の鏡に入れたものがもう片方の鏡から出てくる。

手紙や文書を送るのに便利なこの魔道具は、今は主に国同士の書簡をやり取りするのに使われている。

それを一般の人たちにも使えるようにしてはどうかという提案だ。

悪くはないと思う。今でも貴族なんかは早馬を使い、手紙のやり取りをしているが、それよりも速く届けることができるだろう。

が、平民宛ての手紙も扱うとなると、問題がいくつかある。

まず、大抵の人には正確な住所というものがない。村ならまだいい。○○村の誰々、で届くだろう。

ところがこれが王都などとなると、王都の誰々、では届けることは不可能に近い。

同じ名前は山ほどいるし、それを区別しようとすると、王都在住、○○の息子の誰々、と親の名前なんかで判断するしかない。

そもそも王都在住、ってだけで相手を捜せ、というのは無理がある。貴族なら屋敷を構えていたりするのでまだ大丈夫なのだが。冒険者なんかだとずっと宿に泊まっていて、気分次第でそれをちょいちょい変えたりもする。

まずこれだけで、届ける相手が限定される。

次に、識字率だ。

平民で文字を書ける者は少ない。学ぶ機会がないからだ。

国からの御布令でさえ、横に誰か読む者がいなければいけない国もある。

ちなみにこれは自慢だが、ブリュンヒルドの識字率はほぼ百パーセントである。

桜の母親であるフィアナさんが校長を務める学校は、無料で大人でさえも学べるし、オルバさんのところのストランド商会では、カルタや絵本などが売っているので、その影響も大きい。

このように識字率の低さから平民で手紙を書く人はかなり少ないと思う。

だけど、手紙を出したくて文字を学ぼうとする人が出るかもしれないし、そういったきっかけにはなるかもしれない。

最後に、これを使った事業を起こすのはかまわないが、おそらくブリュンヒルドだけでは手が回らないのではないかと思う。単純に人手が足りない。

なんならゲートミラー自体を高額販売した方が楽な気もする。

だけどそれでは、これを作れる僕がいなくなった途端に廃れるだろうし、それを手に入れたどこかの貴族が先に郵便事業を起こしてしまうだろうな。

せっかくの儲けられる機会を失うのはもったいない。

冒険者ギルドも『伝文の書』という、メッセージを伝えられる魔道具で各地のギルド同士がやり取りをしている。

これも対の魔道具で、片方に書かれた文章が、遠く離れたもう片方にも浮かび上がる、という魔道具だ。

冒険者ギルドか……。少なくとも冒険者ならギルドカードがあるから本人に手紙は確実に届くな。

最近カードが使われた支部にゲートミラーで送ればいいわけで。

うーむ、いっそのこと冒険者ギルドに郵便局を併設してしまうか？

手紙の配達も冒険者に依頼する形をとれば人件費も浮く。

重要な文書は扱えないかもしれないが、個人同士の手紙なら問題はない気がする。

今でさえ個人同士の手紙のやり取りは、そこへ行く商人や旅人に金を渡して頼むのが一般的だからな。

ある程度信頼できる人じゃないと、金だけ取られて手紙は配達されないなんて話も聞くし、冒険者ギルドが請け負えばそういったトラブルも無くなるかもしれないな。

「とりあえずギルドマスターのレリシャさんに相談してみようか」

「その方がよろしいかと」

どのみちブリュンヒルドだけでは回せないんだし、協力者が必要だ。冒険者ギルドなら世界中に根を張っているし、パートナーには申し分ない。

僕は【ゲート】を開き、冒険者ギルドのブリュンヒルド支部へ跳んだ。

◇　◇　◇

「なるほど、『ゲートミラー』を使って、一般市民にも手紙のやり取りを、ですか……」

レリシャさんにその話をすると少し考え込むようなそぶりを見せた。なにか引っかかることがあるのかね？

「ブリュンヒルドとしてはこれでどうやって利益を？」

「ゲートミラーはあくまで冒険者ギルドに貸し出すという形になります。そのレンタル料……貸与料を年間いくらか払ってもらえれば、と」

「なるほど。郵便事業からの利益をいくらか……ですか。まあ、そこらへんは後で詰めるとして」

レリシャさんがテーブルに置いたゲートミラーに手紙をストンと落とすと、隣のゲートミラーからその手紙が飛び出してきた。それをすかさずキャッチする。

「今現在でも冒険者ギルドで手紙の配達依頼はありますからね。もっともこちらは近場の配達ではありますが」

冒険者ギルドに手紙を託し、その宛先、あるいは近くの町や村へ行く冒険者にその手紙を運んでもらう。冒険者ギルドから冒険者ギルドへと手紙を配達し、最終的に自宅へと届けるわけだが、これがかなり時間と料金がかかるらしい。

中継地点が多ければ多いほど、多数の冒険者が関わることになるし、それだけ依頼料がかさむ。

さらに言うなら、目的地方面へ行く冒険者がいなければ、その冒険者が現れるまで手紙はギルドに預けたままになる。

届け先がギルドのない村などだったりすると、冒険者本人が宛先へ訪ねていって渡さなくてはならないしな。

ゲートミラーを使えば、少なくとも一番近くの冒険者ギルドまで転送されるので、そこからが冒険者への依頼になる。

ギルドのある町から、ない村へなどはちょっと大変かもしれないが、ギルドのある町が宛先の場合、町中の配達だけだから安全に小銭を稼ぐことができると思う。

駆け出しの冒険者が装備などの資金稼ぎにいい仕事だと思うんだが。

「確かに新人冒険者にはありがたい依頼になるでしょう。いろいろなトラブルの対処法を考えておかないといけませんが」

手紙が届かなかったり、紛失してしまった時にどうするのか、とかだな。童謡のように
『さっきの手紙のご用事なあに？』と返すわけにもいくまい。

「それとゲートミラーによる送り先の選別ですかね。まさか全ての町や村に、同じく全ての町や村に通じるゲートミラーを置くわけにもいかないですし」

それはそうだ。たとえば国内に百の町があるとして、その百の町ひとつひとつに全部の町へつながる九十九個のゲートミラーを置いたなら、一万近くものゲートミラーが必要になってしまう。

「一旦全ての手紙を王都のギルドに集めて、そこからそれぞれの町のギルドに区分けして転送する方がいいでしょうね」

ああ、それなら町のゲートミラーは王都に通じるものだけでいいから楽になるな。その代わり王都のギルドには国内全ての町のギルドにつながるゲートミラーが必要になるけれども。

「一旦この提案をギルドマスターの会議に上げてみます。私一人では判断できませんので。国によっても許可が出ないところもあるかもしれませんし」

「世界同盟に所属している国ならなんとか通るとは思うんですけどね……。まあ、西方大陸ではまだ冒険者ギルドがそこまで根を下ろしていませんし、そこらへんは仕方ないのかな」

西方大陸だと金持ちは鳥型のゴレムで文書のやり取りをしているらしいが……。

まあ、ゴレム自体が高額なのもあって、使えるのは金持ちや貴族だけなんだろうが。

民間でも早馬や飛脚みたいなものはあるらしいけど、あまり使われてはいないらしい。

識字率のこともそうだが、やはり金額が高いらしい。

もっと気楽に遠方の友達や家族に手紙を出せるようになるといいな。ついでに識字率も上がってくれたらと思うけど、そこまでは高望みし過ぎか。

とりあえず後のことはレリシャさんに任せ、僕は冒険者ギルドから城へと戻った。

城へ帰ってくるとなにやら中庭の方が騒がしい。なんだ？

二階の窓から中庭を覗き見ると、冒険者ギルドに行く前は無かった屋台が置いてあった。

赤い暖簾には白い文字で『ラーメン』と書かれている。

「なんだありゃ……」

中庭に行ってみると、予想通りというかなんというか、屋台の中にはアーシアとルーの姿があった。

そしてその横にはもう一台の屋台を組み立てているクーンとパーラ、そして耕助叔父と狩奈姉さんの姿が。

「お、冬夜かい。おかえり」

「えーっと……状況を説明してもらえる？」

朗らかに声をかけてきた狩奈姉さんに一応聞いてみる。

「いや、猪をたくさん狩ってね。調理してもらおうとルーのところへ持って行ったら……」

「ちょうど私も畑で取れた野菜を持って行ったところでして。これらを使ってなにか作ってもらおうとしたら、彼女から提案がありまして」

「ラーメンを！　新たなラーメンを作ります！」

屋台の中でおたまを天に振り翳し、ビシィッ！　とルーが宣言する。その目には情熱の炎が宿っていた。

ええ……？　こないだまでカレーにハマってたのに、今度はラーメンかよ……？

「ラーメンなら今までも何回か作ったろ？」

普通のラーメンや変わったのだと冷やしラーメンとかも作って食べたはず。なのになんで今さら？

「原因はこれですわ」

クーンがポン、と僕に手渡してきたのは薄めの雑誌。

「『ラーメンキングダム』……？」

パラパラと本を捲ると、いろんな有名店が紹介されている。いわゆるラーメン本だな。

これって新婚旅行に行った時に買ってきたやつなんだろうけど……。

「お母様が買った本の中になぜかあったそうですわ。ルーお母様に差し上げたらあの状態で」

　隣の屋台を組み立てていたクーンが説明してくれる。リーンの買った本に入っていた？

　じゃあ買ったのはリーンなのか？

　新婚旅行で本を山ほど買ってきたが、リンゼ、リーンの二人は手当たり次第買っていたからな……。日本だけじゃなく、海外の本も買ってたし。

　僕の【ストレージ】はまとめて出すときは単純に『地球で買った本』として取り出す。だから何を買ったかまでは僕は知らない。

　リーンかリンゼかが間違えて買ってしまったのかもな。

「私、てっきりラーメンは醤油、味噌、塩しかないと思っておりました。それ以外にも様々な味があったなんて……！」

　ルーが頭を振って後悔の念を醸し出す。うーむ、もともとラーメンを教えたのは僕だからな……。それ以外はあまり食べないから教えようもなかったけど……。

　豚骨、煮干し、鶏白湯など確かにいろいろあるけど、新たなラーメンなんかそう簡単に作れるもんかね？

「わかっております。芸術も料理もまずは模倣から、ですわ。いろんなラーメンを作り、経験値を得ていくのです。それに地球では作れないラーメンもこちらの世界では作れます！」

う。ルーの言葉にヘイロンの都で食べたトロールの脛肉(すねにく)入りの『肉ラメイン』を思い出してしまった……。

確かにこっちの素材を使えば、地球にはないラーメンができるとは思うけれども……。

「いいのができたら城下の人たちにも食べてもらうつもりです」

「なるほど。それでこの屋台か」

「とりあえず、まずはこれですわ！　竜(りゅう)の骨を砕(くだ)き、その骨髄(こつずい)から煮出(にだ)したダシを使ったスープの、豚骨ならぬ竜骨(りゅうこつ)ラーメンですわ！」

ダン！　とルーが両手でカウンターにラーメンの丼(どんぶり)を出してきた。

竜骨ラーメン……！　前にちょっとあるなら食べてみたいな、と思ったラーメンがここに……！

「豚骨ラーメンみたいに白いのかと思ったら透(す)き通っているな……？」

パッと見、塩ラーメンのようにも……いや、脂(あぶら)がほとんど浮いていないな……。まるでお湯のようだ。

ううん……？　微妙(びみょう)に美味(おい)しそうに見えない？　なんかお湯にラーメンとメンマ、チャーシュー、ネギ、海苔(のり)、煮卵(にたまご)をのせました、というような感じで。

「豚骨ラーメンのスープは骨髄から出るコラーゲンが熱を加えられてゼラチンになり、脂分を包み込んでスープに混ざり合うから白く濁っているのです。ですが、竜のコラーゲンにはそのような性質はないので、丁寧に漉せば、ここまで透き通ったスープにすることができるんですわ」

「詳しいな……」

「この本に書いてありました！」

むふー、とルーが『ラーメンキングダム』を見せてくる。なるほど、本の受け売りか。ラーメンの蘊蓄も書いてあるらしい。

「さ、食べてみて下さい！」

「じ、じゃあ、いただきます……」

ぐいぐいと迫ってくるルーに根負けしたわけではないが、竜骨ラーメンに手を伸ばす。食べてみたかったのはホントだし。

匂いは……普通のラーメンと同じような感じだが……。とりあえずまずはスープを……。

レンゲを使い、透明なお湯のようなスープを一口。

「…………」

「冬夜様？」

はっ⁉　あまりの美味さに思考が飛んでいた！　ものすごく美味い！　いろんな旨味が凝縮したようなスープだ。

もう一口。ヤバい、手が止まらない。このままではスープだけ無くなってしまう。麺だ。麺を食べねば。

ズルズルズル、と音を立てて麺を食べる。くあっ……。

「美味しい。スープがよく絡んでこれはたまらん……」

ここらでチャーシューを一枚。おっ⁉　これはチャーシューじゃない？　竜肉のチャーシューか⁉　豚じゃないのに焼豚と言っていいのかはわからないが、これもものすごく美味いし、このラーメンに合っている。

竜の骨から取ったスープなら竜肉が合うのは当たり前だよなぁ……。

今、ふっと気がついたが、これってものすごいコストがかかってるんじゃなかろうか……。一杯百万円は下らないと思う……。

だけどもあまりの美味さに食べる手が止まらない。夢中でズルズルと食べ続け、あっという間に完食してしまった。

「美味かった……」

「お口に合ってよろしかったですわ。でもこれはあまりにもコストがかかりすぎて、万人向けではありません。換算（かんさん）すると白金貨十枚近くもしますから」

おうふ……！　予想の十倍もした！　一杯一千万のラーメン……！

そりゃそうか。竜の骨といったら武器にも鎧（よろい）にも使える最高素材だ。値段はとんでもない金額になるだろう。それを砕いてダメにしてしまうんだからな。

もちろんスープに必要なのは中の骨髄であって、砕いた骨自体は再利用するだろうが……。それでもコストが馬鹿高いのは確かで、平民がおいそれと食べられるものじゃない。

「そこで竜の骨の代わりに飛竜（ワイバーン）の骨を使った竜骨ラーメンがこちらです！」

今度はアーシアがドン！　とカウンターにラーメンの丼を出してきた。

先ほどの竜骨ラーメンと比べると、こっちは少しスープが濁っているように見える。とは言っても塩ラーメンほどの色が付いているだけで、豚骨ラーメンのように白くなっているわけではない。

「飛竜（ワイバーン）の方が雑味が多いので、あえて縮（ちぢ）れ麺を使いました。ストレートのものよりこっちの方がスープが絡まないので、あまりくどくならないかと」

「え？　縮れてる麺の方がスープが絡むんじゃないの？」

くねくねした麺の方がたくさんスープが絡みそうに思うんだけども。

「一本だけならそうかもしれませんが、まとまって持ち上げると、絡むスープの量はストレート麺の方が多いんです。これは物体の細い隙間に液体が入り込んでいく『毛管力』のためで、縮れ麺だと麺と麺の間が離れすぎてしまい、この力が少なくなってしまうのです！」

「く、詳しいな……」

「この本に書いてありました！」

むふー、とアーシアが『ラーメンキングダム』を見せてくる。さっきのルーと同じ表情をしていた。似たもの親子め。

「ささ、お父様。こちらも試食を」

「あ、うん……」

アーシアが笑顔で勧めてくるが、二杯目のラーメンはちょっと厳しい。食べられないことはないけども……。

とりあえずスープをいただく。これだけだと普通に塩ラーメンのスープに見えてしまうな。

「おっ……！」

ところが一匙口にするや、いろんな旨味が一気に広がってきた。

確かに竜のスープの方が洗練された味というか突き詰めた旨さを感じる。だけど飛竜のスープも負けちゃいない。賑(にぎ)やかな味というか、なんというか。

ああ、でも何度も飲むと少しくどい感じもあるな。

次に麺をズルズルと食べる。なるほど。確かに縮れ麺だとスープのくどさはそれほど気にならない……気がする。

チャーシューの肉は……これは竜肉じゃないな？　なんの肉だ？

「ワイルドボアの肉ですわ」

ワイルドボアは猪のような姿をした魔獣(まじゅう)だ。確か緑ランクの冒険者なら倒(たお)せる、そこまで強力な魔獣でもなかったはず。

決して安くはないが、これくらいの量ならそれほどコストはかかってないのだろう。

ああ、これって狩奈姉さんがたくさん狩ったってやつか？

横を見ると、狩奈姉さんと耕助叔父が美味そうにラーメンを食べていた。狩奈姉さんのは肉が蓋(ふた)のように並べられているチャーシュー麺で、耕助叔父のは野菜マシマシのタンメンのようなやつだ。アレも美味そうだな……。

「だけど竜よりは格段に下がるとはいえ、飛竜(ワイバーン)だって安いものじゃないだろ？」

飛竜(ワイバーン)は赤ランクの魔獣だ。一匹(ぴき)に襲(おそ)われただけでも、小さな町や村なら壊滅(かいめつ)することだってある。

「確かに大幅なコストダウンはしましたが、これでも白金貨一枚はします」

コストダウンして一杯百万円かよ……！　美味くても庶民には手が出ないぞ、その金額じゃあ……。

「そこでこの走竜を使った竜骨ラーメンです！」

ドドン！　とルーがまたしてもカウンターにラーメンの丼を出してきた。嘘だろ、三杯目が出てきたぞ……？　飛竜ラーメンもまだ食べ切っていないんだが……。

走竜ってアレだろ？　恐竜のオルニトミムスみたいな、大樹海なんかで乗り物として飼育されているやつ。

「走竜は竜と呼ばれていますが、正確には亜竜からさらに枝分かれした種です。ですがその骨には多くの魔素が含まれ、独自の旨味が凝縮されているんですわ。走竜は大樹海の方では搭乗できる家畜として育てられていますし、ブリュンヒルドなら安価で手に入れることができるので竜骨ラーメンの素材としては最適かと」

言わんとしていることはわかる。わかるんだが、なら一杯目に出して欲しかった……。もうかなり腹一杯なのだが。しかし、その自信たっぷりのキラキラとした目で見られると、断ることができない……。

「あれ？　なんか屋台があるんだよ」

「ルー殿？　またなにか作ったのでござるか？」

背後から聞こえてきたその声に、思わず地獄に仏（失礼）と思ってしまった。

振り向くと予想通り、八重と八雲、ヒルダとフレイが訓練帰りなのか、肩にかけたタオルで汗を拭きつつこちらに歩いてきた。

「ルーとアーシアがラーメンの試作をしてるんだ。いいのができたら屋台で広めるんだってさ。八重たちも食べてみてくれないか？」

「ラーメンでござるか！　拙者、大好物でござる！」

「私も！　ラーメン大好きなんだよ！」

大食いの八重・フレイコンビが餌に簡単に引っかかる。僕の隣に座ったフレイの前に、カウンターに置いてあった走竜ラーメンをスッと移動させた。

「美味しそうなんだよ！　いただきまーす！」

目の前に出されたラーメンに迷うことなく箸をつけるフレイ。ズルズルと実に美味そうに豪快に食べていく。

「美味しい！　食べたことのないラーメンだけど、すっごく美味しいんだよ！」

満面の笑みを浮かべてはふはふとフレイが走竜ラーメンを食べ続ける。すぐにその横に座る八重の前にも同じものが置かれ、彼女もズルズルと食べ始めた。

「むむ！　確かにこれは今までのラーメンとは違(ちが)うでござるな！　特にスープが美味いでござる！」

フレイに負けぬ勢いでラーメンを食べ続ける八重。

こちらにも好評のようだ。だけどもこの二人はなんでも美味いっていうからな……。

味覚が馬鹿ということではなくて、不味(まず)いもののハードルが低いというか。

よほどなものでない限り、不味いとは言わない。好き嫌(きら)いもないしな。

隣の屋台に着いたヒルダと八雲も美味しそうに食べている。このラーメンなら問題はないんじゃないかな。僕はまだ食べてないけど。

ふと八雲を見ると、美味しそうに食べながらも少し首を傾(かし)げている。

「どうした、八雲？　なにか気になる？」

「あ、いえ、大したことではないのですが。とても美味しいスープなので麺の方の味がちょっとボヤけてるように思えてしまって」

八雲のそのセリフにルーとアーシアが二人揃ってガーン！　とショックを受けたような表情になる。

「走竜スープを受け止める強さがこの麺にはない……！」

「麺とのバランス……！　スープの味に夢中になるあまり、そんな基本的なことを疎(おろそ)かにしていたとは……！」

僕は目の前の走竜ラーメンより一段階上の飛竜ラーメンをもう一度食べてみる。

……スープは美味い。それに対して麺はというと……。確かにどうしてもスープに負けてしまっているように思える。

これならどんな麺でも美味いんじゃないかな？　八雲がボヤけている、と評したのもわかる気がする。

「いけませんわ！　あくまでスープは麺のパートナー！　そのパートナーが出しゃばって前に出過ぎてしまっては、料理が台無しになってしまいます！」

「お母様！　ホルン王国の小麦を使ってみたらどうでしょう？　あの国には一部の地方だけで作られている特殊な小麦もあると聞きましたわ！　なんでも寝かせなくてもコシが出るという不思議な……」

僕らそっちのけでルーとアーシアが麺の改良を話し合う。

まあ、このラーメンも充分美味いんだけどね。日本で食べたら普通にお金を払うよ。

……いや、百万円は払えないか……。あれ？　そういえば……。

「ホルン王国の小麦なら、前に世界会議の時にあそこの宰相さんからいくつかお土産でもらったな……。なんか王室でしか使っていない希少な種類とか言ってたような……」

「は⁉　聞いてませんわ⁉」

「あれ？　ルーに渡してなかったっけ？」

「もらってません！」

あれ？　てっきり渡したかと思ってたけど……。後でいいやと思ってそのまま忘れてた、か？　ってことは今も【ストレージ】の中に入れっぱなし？

ふと視線を前に向けると、ルーとアーシアが『出せ出せ、早く出せ』と言わんばかりの目でこちらを見て……いや、睨んでいた。

「え、えーっと、小麦小麦……」

僕は【ストレージ】の中から小麦の袋をアレじゃない、コレじゃないと次々と出していく。けっこう入れっぱなしだな……！　小麦だけでもこんなに入れてたか？　一度整頓しないとなあ……。

「これですわ！」

「ホルン王宮御用達の刻印！　間違いないですわ！」

取り出した袋の一つを手にはしゃぐ母娘。どうやら目的のものがあったようだ。

「これならば竜骨スープにふさわしい麺ができますわ！　アーシア、打ちますわよ！」

「はいっ！」

二人はその小麦を持って、以前僕がプレゼントした個人キッチンを呼び出し、その場で麺を打ち始めた。

小麦粉を練って生地を作り、大きな青竹を使って、テコの原理で体重をかけて生地を延ばしていく。待って、そんな本格的に打つの？

「これはいい生地ですわ……！　これなら……！」

「スープを用意します！」

あかん、完全に二人の世界だ。どんどん麺が出来上がっていく。

というか、三杯目は無理だぞ、僕は……。竜骨ラーメン、飛竜ラーメンときて、走竜ラーメンまではとても食べられない……。くそっ、せめて生地を寝かせて時間を稼ぐことができたなら、ワンチャン食べられたかもしれないのに！

あ、いや、どうしても食べたいわけではないけども！

「仕方ない……！」

僕は懐からスマホを取り出し、城のみんなに一斉送信でメールを送った。『中庭でラーメンフェア開催中』と……。

やがて二人が麺を打ち終わるころには、昼休みを迎えた人たちが屋台に並び始めていた。

僕は未だ残る飛竜ラーメンを持ったまま、屋台から離れ、その周りにテーブルと長椅子を【ストレージ】から取り出して席を移動する。

ついでに他のみんなが食べられるように何席か同じように設けておいた。

「打ち終わりましたわ！　はわっ⁉」

ルーがいつの間にか屋台に並ぶ行列に目を丸くしていた。アーシアもぎょっとした目でこちらを見ている。素知らぬ顔でラーメンを食べ続ける僕……。

「い、いつの間に行列が……。もうお昼でしたの？」

「お、お母様、とりあえずラーメンを出しましょう！　城下に広める前にここでプレオープンですわ！」

「そ、そうですわね！　アーシア！　私は麺を茹でます！　あなたはスープを！」

料理人母娘はすぐに立ち直り、テキパキと料理を始める。そのうち、城の厨房からコック長のクレアさんもやってきて、二人を手伝い始めた。

この状態だと、城の食堂は閑古鳥だろうしなあ……。せっかく昼食を用意してくれていたのに、厨房の人たちには申し訳ない。

厨房には【ストレージ】を付与させた保管庫があるので、作った料理は無駄にならないから、明日に回しても問題ないけどさ。

「美味え！　蕎麦とは違うが、こいつはイケる！」

「確かに……。これは病みつきになりそうですね……」

でかい声に振り向くと、武田四天王の山県のおっさんと内藤のおっさんが走竜ラーメンをズルズルと一心不乱にすすっていた。向こうには馬場のじいさんと高坂さんもラーメンを美味そうに食べている。武田四天王が落ちたか……。

団長のレインさんを始め、副団長のニコラさんやノルエさんら騎士団のみんなも昼食はこっちに来たようだった。

椿さんや、焔、雫、凪の、くのいち三人娘も来ているな。

執事長のライムさんや、メイドのレネもいる。ちょうど昼休憩なのかな。メイド長のラピスさんやセシルさんはいないけど、レネたちと交代して後から来そうだな。

みんな美味い、美味いと口にしながら食べている。おかわりをする猛者まで出始めた。

「大成功ですわ！　だけど成功し過ぎて大失敗ですわ！」

「お母様、麺が、麺が無くなります！　次のを打たないと！」

中庭に出された簡易キッチンがまるで戦場のようになってしまっている。基本的にルーが麺を打ち、アーシアがスープを用意し、コック長のクレアさんが麺を茹でて、他の厨房人が具材を切ったり載せたりしている。

ううむ、ちょっと人を呼び過ぎたか……。ラーメンを受け取ったが座れない者もいたので、追加で椅子(いす)とテーブルを出していったら、中庭がまるでラーメン横丁のようになってしまっている。

しかしこれだけ評判が良いと城下でもきっと飛ぶように売れるな。

まずは国営のレストランや『銀月(ぎんげつ)』のような宿のメニューとして出して評判になれば、おのずと真似(まね)をする人たちが増えてくる。

そうすれば後はその人たちが独自のラーメンを作り出す可能性が出てくる。

この世界ならではの新しいラーメンが生まれるかもな。……いや、それはもうルーたちが生みだしたのか。

僕は残りの飛竜ラーメンを食べながら、これらとは別の新たなラーメンが生まれてくることを願った。

異世界はスマートフォンとともに。
メカ設定資料集

■レギンレイヴ

開発者：**レジーナ・バビロン**
整備責任者：**ハイロゼッタ**
所属：**ブリュンヒルド公国公王直属**
全高：**17.6m**　重量：**7.0t**　乗員人数：**1人**
武装：**変化晶板《トラスパレンテ》×12**

ボーンフレーム開発者：**レジーナ・バビロン**
管理責任者：**フレドモニカ**
搭乗者：**望月冬夜**
メインカラー：**白**

先行して作られた九機の専用機《ヴァルキュリア》をもとに製作された多様戦万能型フレームギア。望月冬夜専用機として想定・設計されているため、他人にはほぼ動かせない。操縦者の魔法を増幅して発動することで、変形などをすることなく空を飛ぶこともできる。背中にある十二枚の変化晶板《トラスパレンテ》を自由に変形させ、武器とする。また飛操剣《フラガラッハ》として全方位攻撃も可能。

あとがき。

『異世界はスマートフォンとともに。』第30巻をお届けしました。楽しんでいただけましたでしょうか。

ついに30巻台になりました。10巻が出た時でもようやく、という感じだったのに、なんかあっという間にここまできた気がします。

冬夜君たちの物語もすでに終わりに差し掛かり、次の大台、40巻はないと思いますが、最後までよろしくお願い致します。……まあ、終わった後も追加で新たなお話を書くかもしれませんし。外伝とか？

さて、この30巻にはドラマＣＤ付きの特装版がございます。

ドラマCDも第四弾！　そして今回その脚本を書いて下さいましたのは、アニメでリンゼ役を演じていただきました、声優の福緒唯さんです。

ドラマCDの第三弾が出たのが26巻。第四弾の話はだいぶ前から出てたのですが、私の脚本がどうにも進まず、他のアニメでも脚本の仕事を始めていた福緒さんに頼めないか、ということになったわけです。

イセスマの世界に長く携わり、熟知して下さっている福緒さんに頼むことに、こちらにはなんの不安もありませんでした。

実際、自分とは比べ物にならないくらい早く出来上がった脚本には、ほとんど修正する点がありませんでしたし。

福緒唯様。素敵な物語を本当にありがとうございました。このドラマCDを聴いて、皆さんも楽しんでいただけたら嬉しいです。

今回もアニメの時と同じくネットで収録の様子を窺っていたのですが、なぜかこっちの声が向こうに伝わらず、声優さんたちが画面の中で手を振ってくれているのになにも返事ができないという状態で、とても悔しい思いをしました……。

こちらのマイクが悪かったのか、なにかシステム的なことなのかさっぱりです。ミュートは解除してたのになァ……。

次の機会があればちゃんとご挨拶をしたいと思います。

内気な性格なため、収録現場には一度も行ったことがなく、スタッフ、声優さんたちには存在さえ疑われているかもしれない……。

出版社のパーティーでさえ一度も行ったことがないので、たぶんアニメ化（一期）の最初の打ち合わせで会った、編集長（当時）と担当さんを含めての四人しか私を見たことがないと思います。ＵＭＡか。

それでは今回も謝辞を。

イラスト担当の兎塚エイジ様。特装版も含め、今巻もありがとうございました。次巻もよろしくお願い致します。

メカデザイン担当の小笠原智史先生、お忙しい中、レギンレイヴのイラストをありがとうございます。

担当のＫ様、ホビージャパン編集部の皆様、本書の出版に関わった皆様方、いつもありがとうございます。

そして『小説家になろう』と本書、読んで下さる全ての読者の方々に感謝の念を。

ついに邪神の使徒との
最終決戦に向かう冬夜たち。
異界より呼び寄せた
融機軍団が冬夜たちを迎え撃つ。
イセカイはスマートフォンとともに。31
2024年冬頃発売予定！

ゴルドの真の目的——時を超えた、
譲れない願いはどこへ向かうのか！
異世界はスマート
冬原パトラ
illustration■兎塚エイジ

HJ NOVELS
HJN07-30

異世界はスマートフォンとともに。30

2024年5月19日　初版発行

著者――冬原パトラ

発行者―松下大介
発行所―株式会社ホビージャパン
〒151-0053
東京都渋谷区代々木2-15-8
電話　03(5304)7604（編集）
03(5304)9112（営業）

印刷所――大日本印刷株式会社

装丁――木村デザイン・ラボ／株式会社エストール

Printed in Japan

ISBN978-4-7986-3540-8　C0076

ファンレター、作品のご感想お待ちしております

〒151-0053　東京都渋谷区代々木2-15-8
(株)ホビージャパン HJノベルス編集部 気付
冬原パトラ 先生／兎塚エイジ 先生／小笠原智史 先生